일곱 해의 마지막

일곱 해의 마지막

김연수
장편소설

문학동네

백석

경성부외 서둑도리 656. 일명 기행. 명치 45년 7월 1일. 평북 정주에서
출생. 시인. 오산중학, 동경 청산학원 졸. 영생고녀, 조선일보사 출판부
를 역임하고, 현재는 시작에 정진. 저서에 시집『사슴』이 있다.

─문장사 편집부,「조선문예가총람」,『문장』 1940년 1월호

1957년과 1958년 사이

우리 빨갛게 타고 타련다.
일곱 해의 첫해에도
일곱 해의 마지막 해에도.

_백석, 「석탄이 하는 말」 중에서

1957년의 포베다

벨라와 빅토르는 시인이다. 1924년생으로 둘은 동갑이지만 빅토르가 벨라보다 먼저 고리키 문학대학에 입학했다. 평범한 의사 아버지와 교사 어머니를 둔 벨라는 모스크바의 학교에 진학하기 위해서 편법을 사용해야만 했다. 그녀는 임시로 기술대학에 등록한 뒤, 문학대학 편입을 신청했다. 반면 당 간부를 아버지로 둔데다가 대조국전쟁 부상병이라는 이력을 가진 빅토르는 제대하자마자 문학대학에 들어갈 수 있었다. 재학중이던 스물두 살에 그는 벌써 첫 시집 『승리자의 봄』을 펴내 큰 주목을 받았다. 그 시집에는 제3근위전차군 소속의 전차병으로 드네프르강 전투에 참여했다가 오른팔에 부상을 입고 후송된 그의 개인적 체험이 녹아 있었다. 그 시절의 분위기에 맞게 애국심으로 가득한 시집이었고, 벨라도 질투인지 감동인지 모를 소감을 일기장에 남겼다. 둘은 문학대학 선후배 사이로 만나 사랑에 빠졌다. 그 사랑은 존경의 마음과 소유의 욕망이 뒤엉킨 것이라 처음부터 폭발적이었다. 그렇기 때문에 시간이 흐를수록 처음의 열기와 빛은 점차 사라지리라는 예감이 있었다.

그 예감은 1953년 스탈린이 죽은 뒤 '오테펠(оттепель, 해빙)', 그러니까 사회 전반에 걸쳐 변화의 물결이 조금씩 밀려오면서 점점 더 또렷해지다가 삼 년 뒤 흐루쇼프 서기장이 소련공산당 제 20차 전당대회에서 스탈린 개인숭배를 비판하는 비밀 연설을 하면서 현실로 나타났다. 대학가에서는 「지마역(驛)」을 썼다가 개인주의라는 비판을 받고 고리키 문학대학에서 퇴학당한 예브게니 옙투셴코나 건축대학 졸업생이자 파스테르나크의 숭배자인 안드레이 보즈네센스키 같은 젊은 시인들의 낭송회가 큰 인기를 끌기 시작했다. 빅토르도 그 해빙의 물결을 타고 자유의 바람을 맘껏 즐기며 온갖 기행을 저지르고 다녔다. 그중에는 지나가는 택시를 잡아탄 뒤, "블라디보스토크로!"라고 외치는 짓도 있었다. 그러면 누군가는 "인민의 적이 되는 게 어때?"라고 되묻기도 했다. 스탈린이 살아 있을 때만 해도 시베리아로 가는 가장 빠른 방법은 소위 '인민의 적'으로 낙인찍히는 일이었으니까. 그러나 이제 빅토르에게는 "인민의 적이라면 악의 제국이자 파탄이 난 지상 지옥 미국으로 쫓겨나야지, 왜 아름다운 어머니의 땅 시베리아로 가겠소?"라고 능갈칠 여유까지도 생겼다. 그는 스탈린의 얼음 동상이 녹아내린 물웅덩이에서 물장난을 하는 아이와도 같았다.

그러다가 빅토르는 자신보다 더 미친 택시기사 알렉산드르를 만났다. 카자크의 피가 섞인 그는 자기 조상들처럼 시베리아를 정복할 마음이 있었던 모양이다. 의기투합한 두 사람은 몇 달에 걸쳐 자동차 여행을 준비했다. 그들은 필요한 물품을 조달하고 수십 장의 허가증을 얻기 위해 육십여 곳이 넘는 관공서를 드나들었다. 빅토르의 몽상이 알렉산드르의 실행력을 만나 대륙 간 탄도미사일처럼 날아올랐다. 그리하여 그들은 작가동맹에서 얻은 석 달짜리 공무 여행 증명서와 소수민족들의 언어와 민요 등을 채집할 테이프 레코더와 여행 과정을 촬영할 카메라맨, 그리고 가즈 (GAZ)에서 전천후 주행이 가능한 차종으로 새로 생산한, 누적 거리 4262킬로미터의 하얀색 M-72 사륜구동 승용차를 구했다. 그 차에는 '포베다(победа, 승리)'라는 이름이 붙었다. 그들은 축제 분위기 속에서 모스크바를 떠나기 위해 꽃향기가 흩날리고 깃발들이 펄럭일 노동절을 출발일로 택했다.

벨라에게 북한의 조선작가동맹에서 초청 연락이 온 건 그보다 훨씬 더 전의 일이었지만, 빅토르를 찾아가 그 일에 대해 얘기한 건 1957년 4월 중순이었다. 그녀가 6월에 비행기 편으로 자신보다 먼저 극동에 가게 됐다는 사실을 안 그는 실망한 표정을 지어 보였다.

"조선? 작가동맹? 그런 곳에도 동맹씩이나 할 작가가 있는 모양이지?"

"그런 곳이라니? 무슨 뜻이지?"

빅토르의 말에 벨라가 반문했다.

"말한 그대로야. 며칠 전에도 한 북조선 학생에게 들은 이야기가 있거든. 지난 전쟁에서 미국의 맥아더가 매일 B-29로 전략폭격을 감행해 그 나라는 석기시대의 폐허로 돌아갔다던데? 그 친구도 낙동강이라는 곳에서 부상을 당했다고 하더군. 표현이 재미있어. 먼저 작은 벌이 윙윙거리는 소리가 나고, 그다음에 말벌들이 몰려와 독침을 쏘았다는 거지."

벨라는 무슨 말인지 이해할 수 없었다.

"작은 벌이니 말벌이니, 그게 다 무슨 소리야?"

"프로펠러 정찰기가 먼저 오고, 그다음에 폭격기가 몰려왔다는 뜻이야. 독일군도 마찬가지였지. 그래서 무슨 말을 하는지 금방 알아들을 수 있었어."

빅토르가 설명했다.

"그게 시네. 독침을 쏘는 말벌이 하늘을 가득 뒤덮은 풍경. 그 나라에 적어도 시인이 한 명은 있는 셈이네."

"그 친구의 꿈은 시인이 아니라 영화감독이야. 북조선의 미하일 칼라토조프를 꿈꾸고 있지."

영화 〈학이 난다〉를 만든 미하일 칼라토조프는 소련에서는 처음으로 칸영화제에서 황금종려상을 받았다. 그의 흑백 화면 구성은 이루 말할 수 없이 아름답고 시적이었다.

"미래의 칼라토조프를 꿈꾸는 청년이 있는 나라라면 절대로 폐허일 수 없지."

벨라가 단호하게 말했다. 벨라의 고향은 스탈린그라드였다. 지난 대조국전쟁에서 히틀러의 나치군에 맞서 스탈린그라드의 남녀가 맹렬한 폭격으로 폐허가 된 도시를 지키려고 그토록 안간힘을 쓴 이유가 무조건 사수하라는 스탈린의 명령 때문만은 아니라는 것을 그녀는 잘 알고 있었다. 그 도시는 그들의 것이고, 그들이 청춘과 꿈을 묻은 곳이기 때문이었다. 그 청춘과 꿈의 이야기가 있기에 어떤 폐허도 가뭇없이 사라질 수는 없는 것이라고 그녀는 믿고 있었다.

1958년의 기린

　기행은 시인이다. 그러나 이태 전, 동시를 쓰기 전까지 그의 시를 읽어본 사람은 손으로 꼽을 정도였다. 사람들은 그를 소련문학 번역가로 알고 있었다. 조선작가동맹 건물의 노어번역실이 그의 근무지였다. 중복 더위로 후텁지근하던 1958년 7월, 출근하기 위해 대동문 쪽으로 걸어가던 그는 신문 전시대 앞에 몰려 있는 사람들을 봤다. 그들 쪽으로 다가가 살펴보니 1면에 '중앙위생지도위원회를 따라 위생방역 사업을 강화하자'라는 제목이 인쇄돼 있었다. 기사는 보건위생 사업이 사회주의혁명의 한 부분인 문화혁명의 중요한 내용을 이룬다며, 여름철 전염병을 예방하기 위해 우물에 뚜껑을 덮을 것과 물을 끓여먹을 것과 변소 청소를 철저히 할 것을 강조하고 있었다. 별다른 내용이 없는데도 사람들이 몰린 까닭은 그즈음 심각해진 전염병 때문이 아닐까고 기행은 생각했다. 병원으로 환자들이 몰리면서 몇 주 전부터 위생검열이 잦아졌다. 검열관들은 각 가정을 돌며 정리정돈 상태, 의류와 침구의 세

탁 상태, 부엌과 변소의 청소 상태 등을 점검했다. 각 사업 단위와 인민반에서는 선전 활동도 활발했다. 그럼에도 전염병의 기세는 꺾이지 않았으나 신문에서는 공산주의 건설자로 육성된 인민들의 자발적인 방역 사업으로 사회주의 수도 평양에서 전염병균이 성공적으로 퇴치되고 있다고 보도하고 있었다. 기행은 뒤로 물러났다. 그러다가 문득 기척을 느끼고 고개를 들었다. 사람들의 머리통과 신문 전시대 위에 기중기의 팔이 건둥 떠 있었다. 광장 주변에 새로운 건물이 올라가고 있었다. 서서히 돌아가는 기중기의 검은 팔에서 빛이 번뜩였다가 사라졌다. 거리는 아침부터 달아오르고 있었다.

그날 오후에는 조선작가동맹 아동문학분과에서 2/4분기 작품 총화 회의를 열었다. 기행이 문화회관 소강당에 도착했을 때는 이미 회의가 시작된 뒤였다. 문을 열고 들어가니 몇몇 사람들이 그를 돌아봤다. 기대와 달리 뒷줄에는 빈자리가 없어 그는 앞으로 가야 했다. 걸어오는 그를 보고 단상에서 발언하던 엄종석이 말을 멈췄다. 기행의 귀에 제 구두 소리가 크게 들렸다. 그의 목덜미를 타고 땀이 흘러내렸다. 중앙당 문화예술부 문학과 지도위원인 엄종석은 당의 문학 정책을 작가들에게 지도하는 일을 하고 있었다. 기행은 검질기게 자신을 노려보는 그의 시선을 모른 체하고 빈자리를 찾아 들어갔다. 그는 바짝 깎아올린 머리에 우람한 풍채를 지녀 언뜻 역도선수처럼 보였지만, 일제시대 때부터 지하에서 활동하며 평론을 써온 사람이었다. 기행이 자리에 앉자 그는 하던 말을 이어갔다.

"류연진의 시「송아지」는 고개 너머 장에 간 어미소와 떨어져 외양간에 갇힌 송아지의 외로운 심정을 노래한다지만, 조합의 공동 외양간 목책 속에 송아지가 한 마리밖에 없다는 사실부터가 틀려먹었습니다. 오늘의 우리 협동조합 목장 중에 이처럼 한적한 곳이 어디에 있습니까? 인민들의 생활 현실을 이처럼 혹심하게 왜곡시킬 수 있습니까? 송아지의 이 고독한 심정은 도대체 누구를 위한 고독입니까? 모두가 힘을 합쳐 일하는 협동조합 안에 이 송아지처럼 고독을 느낄 만한 사람이 도대체 있을 수 있습니까?"

기행은 가방에서 노트를 꺼냈다. 펼친 페이지에는 간밤에 긁적인 몇 개의 단상들이 적혀 있었다. 옆 사람이 볼세라 그는 얼른 빈 페이지를 찾아 넘겼다. 그리고 엄종석의 말을 두서없이 적었다. 송아지, 외로운 심정, 누구를 위한 고독…… 뒤이어 엄종석은 다른 시인의 시를 거론하며 높이 평가했다. 기행은 그런 평가를 받은 시구도 받아 적었다. 조국의 불기둥, 기중기를 돌리며, 붉은 깃발…… 그래서 그는 전혀 예상하지 못하고 있었는데 엄종석이 갑자기 그의 시를 읽었다.

기린아,
아프리카의 기린아,

너는 키가 크기도 크구나
높다란 다락 같구나,
너는 목이 길기도 길구나
굵다란 장대 같구나.

네 목에 깃발을 달아보자
붉은 깃발을 달아보자,
하늘 공중 부는 바람에
깃발이 펄럭이라고.
백 리 밖 먼 데서도
깃발이 보이라고.

그건 기행이 지난해 『아동문학』 4월호에 발표한 동시들 중 하나인 「기린」이었다. 일 년도 더 전에 쓴 시가 왜 불려 나오는지 알 수 없었다.

엄종석은 기행에게 턱짓을 했다.

"오늘 지각한 동무, 본인이 쓴 시가 맞소? 일어나서 다른 동무들에게 왜 하필이면 기린에 대해 쓰게 됐는지 말해보시오."

기행이 자리에서 일어났다. 사람들이 다들 그를 쳐다봤다.

"아이들에게는 사상성보다 교양성을 심어주는 게 우선입니다. 그래서 먼 나라의 다양한 동물들을 재미나게 소개하고 그 특징을

이용해서 사상성을 드러내려고⋯⋯"

엄종석이 기행의 말을 잘랐다.

"지금 동무에게 강의를 듣자고 했소? 내 말은, 왜 여기서 기린이 나오느냔 말이오?"

"무엇을 물어보시는 것인지 모르겠습니다. 아프리카 기린에 대해 쓰면 안 되는 것입니까?"

"우리나라에 있는 곰이나 범을 두고, 왜 머나먼 아프리카의 기린을 끌고 와 붉은 깃발을 다느냔 말이오?"

기행은 말문이 막혔다. 질문의 의미를 이해하지 못하니 무어라 대답할 수가 없었다. 엄종석은 그런 그를 비웃듯이 바라봤다.

"아직도 순수문학의 잔재가 남아 사회주의 리얼리즘을 이해하지 못하니 안타깝소. 동무는 우리의 서정이란 우리나라 아동들의 실지 생활감정에 의거해야만 한다는 당의 창작 지침을 여태 이해하지 못하겠소? 아프리카의 기린이라면 거기다가 붉은 깃발을 달든 푸른 깃발을 달든 무슨 상관이오. 우리의 동물이어야 붉은 깃발이 의미가 있는 것이지. 단순히 재미난 것을 아동들에게 소개하겠다고 들면 이런 모호함을 피할 수 없다는 사실을 다른 동무들도 명심하시오. 이 시에는 주체적인 우리의 생활, 우리의 감정이 없소. 주체적으로 시를 창작해야 한다는 생각이 없으니 아프리카의 기린 같은 것을 떠올리는 것이 아니겠소."

아무리 노죽을 부려도 퇴짜를 놓는 여인 앞에 선 구혼자처럼 기행은 어쩔 줄 모르고 가만히 서 있었다. 그는 기린을 생각했다. 기행이 자리에 앉고 나서도 그런 식의 작품 총화 회의가 계속됐다. 그때까지도 기행은 기린을 생각했다. 붉은 깃발을 목에 매단 기린이 그의 눈에 보였다. 엄종석이 옳았다. 기린에게는 붉은 깃발을 다는 게 아니었다고 그는 생각했다.

1957년의 파라다이스

1957년 6월, 벨라는 평양을 향해 출발했다. 아주 긴 여정이었다. 옴스크, 노보시비르스크, 크라스노야르스크, 이르쿠츠크를 거쳐 치타까지 간 뒤, 거기서 이틀간 묵으며 일주일에 세 번 평양을 오가는 조선민항을 기다려야만 했다. 치타에서 옴스크에 막 도착한 빅토르와 연락이 닿았다. 두 사람은 벨라가 귀국하는 7월 말 울란우데에서 만나자는 약속을 했다.

북한으로 들어간 벨라는 작가동맹 위원장인 병도를 비롯해 많은 시인과 소설가를 만났고, 평양과 개성과 판문점과 함흥 등지를 여행했다. 그러는 동안 여러 명의 통역을 만났는데 기행도 그중 한 사람이었다. 벨라 역시 그를 번역가로만 알고 있었다. 함흥에서 폐허가 된 수도원을 함께 보기 전까지는 말이다. 그날 밤, 그는 시를 쓰고 있다고 벨라에게 고백하고는 노트 한 권을 내밀었다. 북한 시인들에게 육필 시를 선물받곤 했기에 그녀는 무심히 그 노트를 받았다.

귀로에 벨라는 조선민항 편으로 치타로 나온 뒤, 거기서 울란우데행 기차를 탔다. 기차는 밤새 시베리아 벌판을 달렸다. 문득 그녀는 기행에게 받은 노트가 궁금해졌다. 가방에서 꺼내 펼치니 세로로 적어내려간 동양풍의 글자들이 눈에 들어왔다. 북한에서 본 대부분의 책들은 그렇게 세로로 인쇄돼 있었다. 두루마리를 펼치며 읽듯이 오른쪽에서 왼쪽으로 읽어간다고 들었지만 두루마리를 왜 오른쪽에서 왼쪽으로 펼쳐야만 하는 것인지부터 이해되지 않았다. 오른손으로 쓰면 막 쓴 글자에 손이 닿아 잉크가 묻을 텐데, 그렇다면 동양인들은 모두 왼손잡이들이란 말인가? 그런 의문이었는데 기행은 왼쪽에서 오른쪽으로 읽으면 결말부터 알게 되니 주의하라는 엉뚱한 대답을 내놓았다. 그런데 그녀는 그 엉뚱한 대답이 흥미로웠다. 어떤 이야기를 결말부터 읽는다면 어떻게 될까. 그런 생각을 하며 차창 밖을 내다보면 부드럽게 융기하는 낮은 구릉들의 희미한 윤곽 위로 별들이 도글도글 떠 있었다.

다음날 아침, 울란우데에 도착해 역 앞으로 나가니 벨라와 마찬가지로 밤새 차를 타고 달려온 빅토르가 그녀를 기다리고 있었다. 그새 그의 얼굴과 두 팔은 볕에 그을려 감실감실했다. 고생한 티가 역력해서인지, 아니면 오랫동안 이방인들 사이에서 지내다가 낯익은 얼굴을 봐서인지 벨라는 그가 무척 반가웠다. 그건 빅토르도 마찬가지였다. 그는 두 팔을 벌려 그녀를 안았다. 빅토르가 타고 온 차는 트럭이었다.

"포베다는 어디로 가고?"

벨라가 물었다.

"고장이 나서 수리중이야. 초원에서 오도 가도 못할 뻔했는데 그때 마침 이분을 만났어. 진짜 사냥꾼이지. 세르게이야."

빅토르가 트럭 옆에 선 노인을 가리키며 벨라에게 소개했다. 검은색 털모자를 쓴 그는 수염이 허옇고 얼굴 아래쪽이 갸름하게 생긴 동양 노인이었다. 그는 억울한 일을 당해 대처에 고발하러 나온 촌부처럼 커다란 눈을 껌석거리며 담배를 피웠다. 벨라는 눈짓으로 그 노인과 인사를 나눴다.

"그럼 지금 울란우데에 있는 게 아니야?"

벨라가 물었다.

"다른 친구들은 지금 세르게이의 마을에 있어. 거긴 파라다이스야. 바이칼호를 따라 북쪽으로 300킬로미터 정도 가면 나와. 야생의 삶이라 당신에게는 불편할 수도 있지만 결국 좋아하게 될 거야."

빅토르의 말에 벨라는 코웃음이 나왔다. 야생의 삶이라면, 크라스노야르스크의 개척지인 스트렐카에서 어린 시절을 보낸 벨라가 더 잘 알기 때문이었다. 봄가을이 없는 타이가의 빽빽한 침엽수림과 호수들. 첫눈이 내리고 나면 이듬해 여름까지는 예벤크족의 썰매로만 다닐 수 있었던 길. 그 시절에 대해 여러 번 말했지만 빅토르는 그 사실을 기억하지 못했다. 그는 자기밖에 모르는 사람이었다.

"파라다이스는 그보다 더 위로 올라가야 나와."

벨라는 그렇게 말하고 말았다.

역 앞의 식당에서 간단하게 아침을 먹은 뒤, 그들은 북쪽으로 출발했다. 하지만 길이 끊어진 곳이 많아 돌아가야만 했던데다가 감탕에 처박혀 헛도는 바퀴 탓에 지체할 수밖에 없었다. 그러느라 그들은 어두워질 때까지도 빅토르가 말한 파라다이스에 도착하지 못했다. 대신, 거기까지 가는 길 자체가 파라다이스였다. 새파란 하늘에 빨간 점 하나가 찍히는가 싶더니 순식간에 서쪽 하늘이 불 그스레 물들었다. 그 은은한 물결은 늠실늠실 호수로 번졌다. 벨라는 그 빛에서 눈을 뗄 수 없었다. 파라다이스에는 밤이 되어서야 도착했다. 그들을 제일 먼저 맞이한 건 호수 옆에서 어슬렁거리는 개들이었다. 사냥과 어업으로 먹고사는 고리드족에게 개는 가족과도 같았다. 세르게이와 달리 젊은 고리드족은 얼굴이 털투성이라 사람처럼 보이지 않았다.

운전수 알렉산드르와 카메라맨 막심이 모닥불을 지펴놓고 기다리고 있었다. 거기까지 벨라가 찾아왔다는 사실이 감격스러웠는지 그들은 환호성을 질렀다. 다들 모닥불에 둘러앉아 바이칼의 생선 오물과 사슴 고기를 구워먹으며 보드카를 마셨다. 벨라는 예벤크족과 함께 지내던 십대 시절을 떠올렸다. 예벤크족은 근면하고 검박하게 생활하며 평화로운 삶을 누리고 있었다. 노동절이나 10월

혁명일이나 붉은 군대 기념일처럼 명절이 찾아오면 다들 모여 함께 축제를 즐기곤 했다. 몇 년 뒤 전쟁이 벌어져 아버지와 어머니는 물론이거니와 친구들까지 전선으로 나간 뒤에야 벨라는 그 시절에 자신이 얼마나 행복했는지 새삼 알 수 있었다. 그런 회한과 슬픔이 그녀를 글쓰기로 이끌었다. 그렇게 그 아름다운 시절의 기억이 몇 줄의 문장으로 남게 됐다.

벨라는 여행 가방 속에 들어 있는 기행의 노트를 떠올렸다. 서양식대로 페이지를 넘기면 결말부터 읽게 된다는, 세로로 써내려간, 동양의 글자들. 인생을 거꾸로 산다면 어떻게 될까? 결말을 안 뒤에 다시 대조국전쟁을 거쳐 십대 시절로 돌아간다면? 장차 시인이 되리라는 것을 알고 있는 상태에서 네크라소프의 시를 읽는다면? 얘는 전쟁에 가서 돌아오지 못할 거야, 라고 생각하며 급우와 대화를 나눈다면? 그렇다면 원래보다 더 슬플지는 모르겠으나 그 순간에 더욱 집중하긴 할 것이다. 미래는 생각하지 않아도 되고 과거는 잘 알고 있으니, 오로지 현재에만, 지금 이 순간에만. 벨라가 거기까지 생각했을 때, 세르게이가 벌떡 일어섰다.

1958년의 시바이

　저무는 서문 거리는 집으로 돌아가려는 사람들로 북적였다. 노을빛이 그들의 머리 위로 너울거렸다. 기행은 오로지 걷는 데만 신경쓰리라 마음먹었지만, 이런저런 생각이 오가는 것을 어찌할 수는 없었다. 머릿속에 가장 오래 머물다 간 건 5월 이후 뚝 끊어진 번역 일감에 대한 걱정이었다. 집에는 어린아이들이 넷이나 있는데, 이젠 배급만으로는 부족해 양곡을 빌려야만 할 처지였다. 단칸방에서 벗어나리라는 기대는 일찌감치 접었다. 생각에 잠겨, 하구로 흘러드는 물결처럼 이동하는 사람들의 틈바구니에서 걷고 있는데, 갑자기 사람들이 걸음을 멈췄다. 기행도 그 자리에 섰다. 얼마 지나지 않아 이유가 밝혀졌다. 고무로 만든 옷을 입고 모자에 마스크로 얼굴을 가린 방역대가 길을 막은 채 펌프 소독기로 크레졸 소독수를 뿌리고 있었다.

　크레졸 냄새가 물큰 밀려왔다. 그렇게 가만히 서서 기행은 일제 말기 신혼생활을 시작할 때의 평양을 떠올렸다. 피아니스트였던 아내 경과 장 가뱅이 나오는 영화를 보러 다니던 중성리의 영화관. 화가인 처남의 친구들과 술 마시러 다니던 삿전골 나까이 술집과 반지하 다방 세르팡, 가보지 못한 냉면집을 찾아 혼자 헤매던 사창마당과 서문장의 골목들…… 흔적도 없이 사라진 그 시절의 평양을 떠올리며 침묵 속에서 거리를 소독하는 방역대를 바라보니 기억도 현실도 모두 꿈처럼 느껴졌다. 십여 분 뒤 통행이 재개됐다. 그는 로터리를 지나 강을 건너 어둑해진 뒤에야 준의 집에 도착했다. 여러 집이 함께 사용하는 마당에서 아이들이 놀고 있었다. 준의 막내가 기행을 보고 달려와 인사했다. 방문을 두드리자 준의 아내인 영이 나와 그가 아직 귀가 전임을 알렸다. 들고 온 소주를 마루에 내려놓고 기행이 앉아 있으려니 영이 김치보시기가 놓인 소반을 내왔다.

"준이 오고 나서 천천히 내와도 될 텐데요."

오래전 같은 신문사 동료였던 친구 현의 여동생이기도 한 그녀와는 알고 지낸 지가 벌써 스무 해도 넘었다.

"올 시간이 거진 되었어요."

통영 사람이라 그녀만 보면 어쩔 수 없이 남해 생각이 났다. 남해라는 단어는 이제 어지러울 정도로 아득해졌다. 판데목 좁은 물길을 보고 돌아설 때만 해도 통영에 금방 다시 갈 줄 알았는데, 벌써 이십이 년 전의 일이 되고 말았다. 그사이에 해방과 뒤이은 전쟁으로 휴전선이 생겼으니 언제 다시 남해를 볼 수 있을지 기약조차 힘들었다. 그런 간절함이야 친정 식구들을 두고 준을 따라 북으로 온 그녀가 더했으리라. 그렇기에 기행은 통영 얘기를 꺼내지 않았다. 물론 이유가 그것뿐만은 아니었지만.

한 잔을 채 마시기도 전에 준이 돌아왔다. 마침맞게 어느덧 통통해진 달도 좁은 지붕 사이로 떠올랐다. 준은 아이를 한 번 껴안고 다정하게 인사한 뒤 기행의 맞은편에 앉았다.

"무슨 바람이 불어 이 먼 곳까지 행차하셨을까?"

준이 잔을 내밀며 물었다.

"술냄새가 나기에 걷다보니……"

"이 친구가 언제부터 그렇게 술냄새를 잘 맡았나?"

둘은 잔을 부딪쳤다.

"번역은 잘 되어가나? 지금 하고 있는 게 니콜라이 두보프의 「시로타(Сирота)」였던가?"

기행이 물었다. 그러자 준이 옆에 놓인 가방을 툭툭 쳤다.

"응. 거의 끝나가고 있네. 그런데 하나 물어볼 게 있어. '시로타'는 '고아'라는 뜻이 아닌가? 그런데 출판사에서는 이 소설의 제목을 '고독'으로 바꾸자네. 자네 생각은 어떤가?"

준의 말에 기행은 대꾸 없이 씁쓸하게 웃으며 한 잔을 더 따라 마셨다. 준이 얼른 잔을 부딪쳤다.

"뭐야, 그 표정은?"

"아니야. 고독이라는 말을 들으니까 오늘 낮에 열린 2/4분기 작품 총화 회의가 생각나서.”

그러더니 기행은 목소리를 낮춰 일본어로 말했다. 둘이서 은밀한 이야기를 할 때는 으레 일본어가 나오곤 했다.

“당에서 지도위원으로 내려보낸 엄종석이 「송아지」란 시를 두고 ‘송아지의 이 고독한 심정은 도대체 누구를 위한 고독입니까?’라고 되묻더군. 시인이 엄마 잃은 송아지가 외로워 보인다는 말도 할 수 없다니, 이거야말로 정말 고독한 일이 아닌가 싶은 생각이 들지 않겠나.”

준도 일본어로 대꾸했다.

“외로움을 나쁜 것이라고만 생각하니까 그럴 수밖에. 외로워봐야 육친의 따스함을 아는 법인데, 이 사회는 늘 기쁘고 즐겁고 벅찬 상태만 노래하라고 하지. 그게 아니면 분노하고 증오하고 저주해야 하고. 어쨌든 늘 조증의 상태로 지내야만 하니 외로움이 뭔지 고독이 뭔지 알지 못하겠지. 요전번에는 종로의 한 화랑에서 그림을 봤는데, 무슨 제철소인가 어딘가에서 일하는 노동자들을 그려놓았더군. 그런데 육중한 철근을 멘 노동자들이 모두 웃고 있더라구. 고통을 느끼지 못하는 인간, 슬픔을 모르는 인간, 고독할 겨를이 없는 인간, 그게 바로 당이 원하는 새로운 사회주의 인간형인가봐. 그러니 나도 웃을 수밖에.”

그때 방안에서 “아얏!” 하는 영의 소리가 들렸다. 어두운 방에서 바느질을 하다가 손끝이 찔린 모양이었다. 잠시 멈췄던 준의 말이 이어졌다.

"이건 마치 항상 기뻐하라고 윽박지르는 기둥서방 앞에 서 있는 억지춘향의 꼴이 아니겠나. 그렇게 억지로 조증의 상태를 만든다고 해서 개조가 이뤄질까? 인간의 실존이란 물과 같은 것이고, 그것은 흐름이라서 인연과 조건에 따라 때로는 냇물이 되고 강물이 되며 때로는 호수와 폭포수가 되는 것인데, 그 모두를 하나로 뭉뚱그려 늘 기뻐하라, 벅찬 인간이 되어라, 투쟁하라, 하면 그게 가능할까?"

준은 말을 끊었다가 이번에는 우리말로 돌아왔다.

"이런 상황이라면 결국 사람들은 둘 중 하나를 선택할 수밖에 없지. '시바이(芝居, 연극, 속임수)'를 할 것인가, 말 것인가. 그게 개조의 본질이 아닐까 싶어. 시바이를 할 수 있다면 남고, 못한다면 떠나라. 결국 남은 자들은 모두 시바이를 할 수밖에 없을 텐데, 모두가 시바이를 하게 되면 그건 시바이가 아니라 현실이 되겠지. 새로운 사회는 이렇게 만들어진다네. 이런 세상에서는 글을 쓴다는 것도 마찬가지야. 자기를 속일 수 있다면 글을 쓰면 되는 거지."

"그렇게 양자택일만 남아 있는 것일까? 다른 길은 없을까?"

기행이 물었다.

"우리의 불행은 거기서 시작됐지. 제3의 길이란 없다는 것."

"그럼 지금 자네는 시바이를 하고 있는 건가?"

기행이 다시 물었다.

"내게는 번역이 시바이의 길이네. 몇 년 전까지는 자네도 마찬가지였잖아. 그런데 왜 그랬어? 왜 다시 시를 쓰기 시작한 거야? 난 언제나 그게 궁금했어."

준이 물었다. 취기가 조금씩 올라왔다.

"그러게. 나는 왜 시를 다시 쓰기 시작했을까?"

혼잣말처럼 기행이 말했다. 그건 어쩌면 불행 때문일지도 몰랐다. 그는 언제나 불행에 끌렸다. 벌써 오래전부터, 어쩌면 어린 시절의 놀라웠던 산천과 여우들과 붕어곰과 가즈랑집 할머니가 겨우 몇 편의 시로 남게 되면서, 혹은 통영까지 내려가서는 한 여인의 마음 하나 얻지 못하고 또 몇 편의 시만 건져온 뒤로는 줄곧. 기행을 매혹시킨 불행이란 흥성하고 눈부셨던 시절, 그가 사랑했던 모든 것들의 결과물이었다. 다시 시를 써야겠다고 마음먹은 것도 그 때문이었다. 사랑을 증명할 수만 있다면 불행해지는 것쯤이야 두렵지 않아서.

"나는 자네가 시를 쓰지 않았으면 했네. 그 언제였던가, 자네와 소식이 끊어지고 우리가 저마다 시대의 광풍에 휩쓸려 낙엽처럼 이리 구르고 저리 뒹굴던 시절에 자네가 내게 맡긴 시가 있었지. 「남신의주 유동 박시봉방」. 나는 아직도 그 시를 기억하네. 전선을 따라 끌려다니며 그 시에 많이 의탁했다네. 그럴 때도 나는 자네가 살았는지 죽었는지도 모르고 지내던 무정한 친구였지. 이제는 자네가 자네의 시보다 더 불행해지지 않았으면 해. 더이상 나를 무정한 친구로 만들지 않았으면 한다네. 그러니 이젠 시는 그만 쓰고 번역에만 매진하자구. 병도에게 부탁하면 그 정도는 들어주지 않겠나. 어떻게 생각하나?"

다정한 준이 조곤조곤 낮은 목소리로 다그쳤다. 기행은 대답 대신 어느 틈엔가 손바닥만한 마당을 희뿜하게 비추고 있는 달빛을 바라봤다.

1957년의 수치심

세르게이가 일어났을 때, 보드카에 취한 알렉산드르는 막심에게 욕지거리를 퍼붓고 있었다. 두 사람은 성장배경은 물론이거니와 관심사도 달랐지만 개성이 강한 것만은 서로 닮았다. 그 탓에 여행하는 동안 제가끔 쌓인 나쁜 감정이 마침내 폭발한 것이었다. 빅토르가 제지하자 알렉산드르가 사슴 고기를 꿰었던 쇠막대기를 집어던졌고 모닥불에서 불꽃이 튀었다. 그런 상황에서 세르게이는 두 팔을 흔들며 빙글빙글 돌기 시작했다. 그러자 서로 뒤엉켰던 세 사람은 엉금엉금 기어서, 혹은 뛰어가다가 넘어지면서 오두막으로 가 테이프 레코더니 노트니 카메라 따위를 가져왔다. 세르게이는 노래를 불렀다.

그해 겨울, 눈 많이 내려 순록들이 굶어죽었고,
아내는 다시 일어나지 못하는 몸으로 누워 있네.
우리가 여름의 눈을 볼 수만 있다면.

그녀와 호수로 걸어가는 날이 다시 찾아오겠지.

세르게이가 황홀경 상태에 빠져들면서 노래는 점점 무의미한 중얼거림으로 바뀌어갔다. 세르게이는 보드카가 아니라 다른 것에 취해 있었다. 빅토르는 그가 피우던 게 양귀비였을 것이라고 벨라에게 말했다. 폐허가 된 수도원에서 들었던 종소리처럼 궁근 목소리가 벨라의 마음을 울렸다. 그는 보드카 병을 들고 있었다. 불빛에 물든 병의 움직임은 이제는 사라진 빛의 자취나 궤적처럼 잔상을 남겼다. 그러더니 세르게이는 병에 남은 보드카를 모닥불에 끼얹었다. 주술에서 풀려난 영혼처럼 불꽃이 확 치솟았다. 그는 모닥불에 담뱃잎을, 말린 오물을, 고기와 소금과 쌀과 밀가루를, 무명을, 성냥을, 빈병을, 혹은 그게 무엇이든 손에 잡히는 대로 던져 넣었다. 세르게이는 썰매 개들을 다루듯이 불꽃을 자기 마음대로 움직였다. 불꽃은 일었다가 잦아지고 다시 너울거렸다. 벨라는 그 불꽃에 완전히 빠져들었다. 잠시도 쉬지 않고 일었다가 잦아지고, 그러다가 다시 너울거리는 그 불꽃에서 그녀는 멸망할 듯하면서도 끈질기게 이어지는 역사(歷史)의 모습을 발견했다. 벨라는 가방에서 노트를 꺼내 휘갈겨썼다.

나는 후회하지 않아, 앞으로도 후회하지 않을 거야. 처음으로 너를 찾아갔을 때, 나는 너를 믿었지만, 고요히, 고요히 흔들리

며 흘러가는 볼가여

너는 결코 잠들지 않는구나. 밤과 낮, 어둠과 빛, 죽음과 생명 사이에서도 너는 쉬지 않는구나.

눈과 코와 귀와 혀가 모두 떨어져나간 슬픈 역사의 몸으로.

다음날, 통나무로 지은 고리드족의 오두막에서 잠을 깬 벨라는 간밤에 쓴 글을 다시 읽어보았다. 그리고 단어를 바꾸고 행갈이를 하면서 세로로 써봤다. 한자처럼 보이도록 글자 끝을 뾰족하게 써보기도 했으나 역시 키릴문자로는 어색했다. 그녀는 여행 가방에서 기행의 노트를 다시 꺼냈다. 잠에서 깬 빅토르가 그 글자들에 관심을 보였다.

"아름다운 시네."

"어떻게 알았어? 조선어를 읽을 줄 알아?"

"아니, 그냥 모양만 봐도 아름답잖아."

벨라는 실망했다.

"평양을 떠나올 때 받은 노트인데, 북조선 사람들에게는 절대 보여주지 말라고 하더라구."

벨라의 말을 들은 빅토르는 금방 심각한 표정을 지었다.

"왜 보여주면 안 되는지 이유는 들었어?"

"자기로서는 지켜주고 싶은 게 있는데, 지금 북조선에서는 그게 안 되니까 대신 맡아달라는 거였어."

"꽤 수상쩍은데. 거기에 뭐가 적혀 있는지 알고는 있어?"

"나야 모르지. 대신 맡아달라니까 가져온 것뿐이야."

그러자 빅토르가 나지막이 말했다.

"거기에 뭐가 적혀 있는 줄 알고 그걸 가져와? 북조선이라고 엔카베데(NKVD)가 없겠어? 남의 일에 끼어들어 좋을 게 하나도 없다고."

그러자 벨라가 쏘아붙였다.

"뭐가 적혀 있긴! 보면 몰라? 방금 아름다운 시라며!"

"소리를 좀 낮춰, 벨라. 해빙이라지만 언제 또 겨울이 닥칠지 알 수 없는 일이라구. 공연한 일에 얽히지 마. 자기를 위해서 하는 소리야."

"당신이야말로 이상한 짓 좀 그만해. 언제까지 이렇게 살 거야? 아무 계획도 없이, 몇 달씩 집을 비우고. 엘레나는 아빠 얼굴도 까먹었다구!"

벨라가 소리쳤다. 그러고 나니 수치심이 밀려왔다. 그녀는 문을 열고 밖으로 나왔다. 거기엔 너무나 아름다운 바이칼의 여름 풍경이 펼쳐져 있었다. 호숫가로 밀려드는 물결 소리와 멀고 가까운 곳에서 지저귀는 새소리가 서로 겹치며 연이어 들렸다. 당장이라도 엘레나가 기다리고 있을 모스크바로 돌아가고 싶었으나 거기서 모스크바는 너무나 멀리 떨어져 있었다. 모스크바는커녕 기차가 다니는 울란우데나 이르쿠츠크까지도 혼자서는 갈 수 없었다.

이제 인생은 매사에 벨라에게 질문을 던졌다. 인생의 질문이란 대답하지 않으면 그만인 그런 질문이 아니었다. 원하는 게 있다면 적극적으로 대답해야 했다. 어쩔 수 없어 대답하지 못한다고 해도 그것 역시 하나의 선택이었다. 세상에 태어날 때 그랬던 것처럼, 자신은 아무것도 하지 않았다고, 그러므로 그건 자신의 선택이 아니라고 말해도 소용없었다. 그리고 선택한 것에 대해서는 어떤 식으로든 책임을 져야만 했다. 설사 그게 어쩔 수 없이 선택한 것일지라도. 벨라는 호숫가에서 더 나아가지 못하고 섰다.

1958년의 옥심

밤새 모기에 시달리느라 잠 한숨 제대로 못 잔 기행은 일찌감치 작가동맹 노어번역실로 출근했다. 그의 책상에는 편지봉투가 놓여 있었다. 수취인의 이름은 잉크로 뭉개져 있었고, 봉투는 뜯긴 상태였다. 겉봉에는 소련 우편국에서 발매한 40코페이카짜리 우표 여러 장이 덕지덕지 붙어 있었고 그 안에는 러시아어로 쓰인 시 두 편이 들어 있었다. 시의 제목은 '트로핀카(тропинка)', 즉 '오솔길'과 '햄릿(Гамлет)'이었다. 「트로핀카」라는 시에는 '조선의 한 시인에게'라는 부제와 함께 벨라의 이름이 적혀 있었다. 그러나 「햄릿」에는 시인의 이름이 적혀 있지 않았다. 따로 편지는 없었다. 그는 들고 온 원서를 책상 위에 내려놓고 자리에 앉아 겉봉의 우표들을 쳐다봤다.

첫번째 우표에는 아프리카 대륙을 가운데 둔 지구의 둘레를 하얀 빛이 비스듬하게 선회하는 그림이 그려져 있었다. 우표 왼쪽 위에는 '1957년 10월 4일'이라는 날짜가, 오른쪽 아래에는 '세계 최초 소비에트 인공위성'이라는 글자가 적혀 있어 그 하얀 빛이 스푸트니크 1호의 궤적이라는 것을 알 수 있었다. 두번째 우표에는 어느 시골 마을 뒤편으로 하얀 연기를 일으키며 뭔가가 떨어지는 장면이 그려져 있었다. 거기에는 '시호테알린 운석 낙하 1947년 2월 12일'이라는 문구가 인쇄돼 있었다. 기행이 사전을 펼쳐 '시호테알린'을 찾아보니 '프리모르스키 지방과 하바롭스크 지방에 걸쳐 있는 산맥'이라고 나와 있었다.

　가깝다면 가까운 곳에 운석이 떨어졌는데 십 년이 지나서도 기행은 그 사실을 모르고 있었다. 연해주의 시골 마을에 불덩어리 같은 운석이 떨어질 무렵, 그는 평양에서 조선민주당을 이끌던 고당 선생을 모시고 있었다. 고당 선생과는 인연이 깊었다. 선생은 오산학교에 재직하던 시절 기행의 집에서 하숙을 했고, 몇 년 뒤 그가 오산고보에 입학했을 때는 교장을 맡고 있었다. 해방이 되어 소련인들을 상대할 일이 많아지자 고당 선생은 고향 정주에 머물던 기행을 평양으로 불러들여 통역 겸 비서로 삼았다. 그때만 해도 기행은 고당 선생이 곧 남쪽의 인사들과 함께 민주공화국을 만들면 소련군과 미군이 철수하리라고 생각했다. 이제 돌이켜보면 순진한 생각이었지만, 그땐 다들 그랬다. 모두가 모두의 선의를 믿었다.

　해방 이후의 삶만 따지자면, 그 무렵이 기행에게는 가장 행복한 시절이었다. 정치인과 군인들의, 때로는 따가울 정도로 직설적이고 때로는 선문답처럼 의뭉스러운 말들에 시달리느라 하루하루가 괴로웠지만, 마침내 자신을 누구보다도 잘 이해해주는 여인을 만나 결혼했고, 아이도 낳았다. 통역관으로 능력도 인정받았고 경제 사정도 좋았다. 무엇보다 밤늦게 퇴근할 때면 종일 궁굴린 시구 하나 정도는 머릿속에 담아가곤 했다. 민주공화국이 건국되고 정국이 안정되면 선생으로 살면서 적어도 한 달에 한 편 정도는 시를 꼭 쓰리라 다짐하곤 했다. 그러고 보면 자신과 동갑인 젊은 수령을 어느 요정에서 만난 것도 그 무렵이었다. 그는 깍듯하고 살뜰하게 고당 선생을 대했으나 헤어지고 나서 들리는 말들은 살벌하기 짝이 없었다. 그 둘의 차이가 정치술의 핵심임을 알게 된 것은 선생이 고려호텔에 연금되고 조선민주당에서 일하던 많은 사람들이 분계선 너머 남쪽으로 떠나고 난 뒤의 일이었다. 너는 왜 그때 그들을 따라가지 않았나? 문득, 그런 목소리가 들렸다. 잊을 만하면 마음속에서 울리는, 기행 자신의 음성.

그리고 뒤이은 현실의 목소리.

"벌써 나오셨습니까? 그거 번역을 부탁드리려고 제가 책상에 올려놓았습니다."

기행이 고개를 돌렸다. 한 달 전 노어번역실에 배치된 옥심이라는 젊은 여자였다. 몇 년간의 모스크바 유학을 마치고 지난봄 귀국했다고 했다. 호리낭창한 몸매에 너슬너슬한 파마머리가 꽤 이국적이었는데, 그 때문인지 구설이 많았다. 연애 사건에 연루돼 유학 도중 소환됐다는 풍문도 있었고, 아버지가 당 고위간부라 작가동맹 번역분과 위원장이 쩔쩔맨다는 소리도 들렸다. 어떤 경우인지는 몰라도 별달리 하는 일도 없고 잘 나오지 않는데도 번역실에서 쫓겨나지 않는 걸 보면 믿는 구석이 있는 것 같았다. 하지만 그런 배경에 비해서는 그늘진 표정이었는데, 그날은 웬일인지 밝아 보였다.

"어디서 이 시가 나왔소?"

기행이 물었다.

"문학신문에 발표할 시로 제게 들어온 번역 청탁인데, 기행 동무한테 양보하겠습니다."

스무 살도 더 많은 남자에게 무람없이 동무라고 부를 수 있는 건 역시 소련 국적자라서 그런가는 생각이 기행에게 들었다. 그간 작가동맹의 젊은 '동무'들에게 낡은 봉건주의적 관념을 떨치지 못한다는 비판을 자주 받았지만, 그에게 그건 절대 관념이 아니었다. 차라리 몸에 밴 반사작용이었다. 기행 동무라는 옥심의 말에 저도 모르게 찌푸려지던 그의 눈살처럼.

"굳이, 왜 그런 일을?"

"저는 아무래도 소설이 더 편합니다. 시는 무슨 뜻인지는 알아도 조선어 단어를 잘 몰라 번역은 귀찮습니다. 게다가 기행 동무한테 온 것이니, 기행 동무가 하는 게 옳겠지요."

기행은 조금 충격을 받았다. 그래서 아무 대꾸도 하지 못하는

데, 그녀가 덧붙였다.

"노어번역실에서는 제일 한가하신 분 같으신데, 굳이 왜 빼십니까? 벌써 번역이 끝난 듯한 그 책만 들고 왔다갔다하면 쌀이 나옵니까, 고기가 나옵니까? 기본노임만으로는 여섯 식구 살기 어렵습니다."

기행이 충격을 받은 이유는 세번째 우표 때문이었다.

"이렇게 마음대로 하면 안 될 일 같소. 상부에서 시키는 대로 하는 게 좋겠소. 나는 일없으니 얼른 가져가시오."

기행이 봉투를 내밀었다.

"위원장 동지에게는 제가 말해놓을 테니 걱정하지 마세요."

옥심은 기행이 내민 봉투를 거들떠보지도 않고 그냥 돌아섰다. 뭐라고 더 말하려다가 기행은 입을 다물었다. 그녀는 자기 자리로 가 가방을 내려놓은 뒤, 창문을 열어젖혔다. 아침의 서늘한 바람이 밤새 갇혀 있던 공기를 밀어냈다. 옥심은 기지개를 한 번 켜더니 창밖으로 몸을 빼고 걸탐스레 숨을 들이마셨다. 그러더니 누군가를 향해 손을 흔들어 인사했다. "안녕하시오?"라고 대답하는 남자의 목소리가 들렸다. 들뜨고 경망스러운 목소리라고 기행은 생각했다. 그리고 그는 봉투에 붙은 세번째 우표를 바라봤다.

1957년의 모닥불

모스크바로 돌아온 벨라는 바이칼 호수에서 마음먹은 일을 하나하나 실천에 옮기면서 그해 가을을 보냈다. 법원에 이혼소송을 제기하고 스탈린그라드에 직장과 집을 알아봤다. 11월이 되어서야 재판이 끝나 엘레나의 양육비 문제가 해결됐다. 겨울이 오기 전에 스탈린그라드로 떠나기 위해 짐을 꾸리던 그녀는 노트 한 권을 발견했다. 기행에게 받은 노트로 여백에는 바이칼 호수에서 그녀가 끄적인 글들이 적혀 있었다.

벨라는 막심의 소개로 거기 적힌 글을 해독할 사람을 만나기 위해 국립영화대학을 찾아갔다. 그가 바로 북한의 미하일 칼라토조프를 꿈꾼다는 시나리오과 리진선이었다. 막심은 그가 기행의 노트에 뭐가 적혀 있는지 물어봐도 괜찮을 만큼 믿을 만한 사람이라고 했다. 벨라는 수업이 끝난 시나리오과 교실로 들어가 그를 만났다. 멀끔하게 생긴 얼굴에 호감이 들었다. 처음에는 경계심을 보였으나 벨라가 시인 빅토르의 아내였다는 말을 꺼내자마자 그의 낯빛이 바뀌었다.

"그럼 벨라? 당신이 벨라인가요? 우와, 반갑습니다. 빅토르에게 얘기 많이 들었습니다."

"빅토르는 어떻게 아시나요?"

"물론 막심을 통해 알게 됐는데, 보자마자 반했어요. 빅토르의 포베다를 탄 적이 있었는데, 옆자리에 타자기를 놓고서는 시를 쓰면서 운전하더라구요. 차에서 내린 뒤에 제가 다시는 안 타겠다니까 시는 목숨걸고 쓰는 거라데요. 재미있는 사람이에요."

"별로 좋은 사람이 아니니까 가까이하지 마세요. 남의 일에 끼어들어 좋을 거 하나도 없으니까."

벨라가 낮은 목소리로 말했다.

"사실은 그 사람을 보러 간 게 아니라 안드레이 보즈네센스키를 만나러 갔던 거예요. 그것도 또 보즈네센스키가 아니라 그 사람이 페레델키노에 사는 파스테르나크를 잘 안다길래."

"파스테르나크를 좋아하나요?"

"그럼요. 키옙스키역에서 기차를 타고 그의 다차까지 찾아간 적도 있답니다."

벨라는 그런 리진선의 모습이 마음에 들었다. 적어도 누군가를 고발할 사람처럼 보이지는 않았다.

"그럼 잘됐군요. 제가 몇 달 전에 북조선을 방문했다가 받은 노트가 하나 있는데, 조선어로 쓰여 있어요. 무슨 내용인지 알고 싶은데, 좀 봐줄 수 있나요?"

그러자 리진선의 얼굴에서 금방 웃음이 사라졌다.

"누구에게, 어떻게 받은 노트인지 알 수 있나요?"

"제 시를 번역한 사람이고, 아마 시를 쓰기도 하는가봐요. 얘기는 많이 했지만 정확하게 어떤 사람인지는 저도 잘 몰라요."

벨라가 말했지만 리진선의 표정은 여전히 굳어 있었다.

"그렇다면 저는 좀 곤란하겠습니다. 어떤 사람이 무슨 내용을 썼는지도 모르고 덥석 읽느니, 모르고 지나가는 편이 그 사람에게나 저에게나 도움이 될 것 같다는 생각이 듭니다만."

"그런가요? 그 사람이랑은 함흥에 여행 갈 때 동행한 것뿐이라 정말 저도 아는 게 많지 않네요."

그러자 리진선의 눈이 커졌다.

"아, 함흥에 다녀오셨나요?"

"함흥을 아시나요?"

"그럼요, 제 고향인걸요. 함흥은 어떻게 되었나요? 전쟁중에 모스크바로 유학 온 뒤로는 한 번도 가보지 못했어요."

벨라가 함흥에 갔다 왔다는 사실을 알고 나자 리진선의 태도는 다시 호의적으로 돌아왔다. 둘은 서로가 기억하는 함흥에 대해 한참 얘기를 나눴다.

"이제는 독일민주공화국에서 온 재건팀이 빌헬름 피크 대로를 만들었다는 이야기를 들었습니다."

"제가 기억하는 함흥은 이제 세상 어디에도 없겠군요."

함흥의 변화상에 대해 전해들은 리진선이 쓸쓸하게 말했다.

"그런데 별다른 내용이 있는 건 아니겠지요, 그 노트?"

벨라는 어깨를 으쓱했다.

"그걸 확인해달라는 거예요. 저는 조선어를 모르니까."

리진선은 혀를 날름거리며 입술을 핥았다. 벨라가 가방에서 노트를 꺼내 내밀었다. 리진선은 노트를 받아들고 창가로 가서 한 장 한 장 넘겨가며 유심히 살폈다. 끝까지 다 확인할 때까지는 조금 시간이 걸렸다. 그리고 다시 벨라에게 돌아섰다. "이건 엄청나게……"라고 말했다가 그는 "아름다운 조선어로 쓰인 시들입니다"라고 덧붙였다.

"엄청나게 아름다운 조선어?"

벨라가 되물었다.

"사실은 저도 시를 쓰고 있습니다. 하지만 조선어로 이런 문장들을 쓸 수 있다고는 생각하지 못했습니다. 그래서 이렇게 시적인 장면이 조선에도 있을 수 있다는 걸 미처 몰랐어요. 손에 잡힐 것처럼 또렷한 단어들이라 번역하기는 쉽지 않네요."

그는 노트를 이리저리 넘겼다.

"예를 들면, 이런 시가 있군요. 번역이 제대로 되려나."

그가 더듬더듬 러시아어로 번역한 시는 다음과 같았다. 제목은 '모닥불'이었다.

새끼오리도 헌신짝도 소똥도 갓신창도 개니빠디도 너울쪽도 짚검불도 가락닢도 머리카락도 헝겊조각도 막대꼬치도 기왓장도 닭의 짗도 개터럭도 타는 모닥불

재당도 초시도 문장 늙은이도 더부살이 아이도 새사위도 갓사둔도 나그네도 주인도 할아버지도 손자도 붓장사도 땜쟁이도 큰 개도 강아지도 모두 모닥불을 쪼인다

모닥불은 어려서 우리 할아버지가 어미 아비 없는 서러운 아이로 불상하니도 몽둥발이가 된 슬픈 력사가 있다

어설픈 번역이었지만, 벨라는 단숨에 그 시에 매료됐다. 바이칼 호수 옆의 고리드족 마을에서 본 것과 똑같은 장면이었기 때문이었다.

"다른 시도 번역해줄 수 있나요?"

벨라가 물었다.

"방금도 제대로 번역을 못했어요. 시간을 조금 더 주신다면 제일 잘 쓴 것으로 골라서 한 다섯 편 정도 번역해볼 수 있을 것 같습니다."

"하지만 제가 번역료를 챙겨드릴 수는 없는데……"

"아, 괜찮습니다. 제 공부도 되니까요."

"그럼 저는 식사 대접을 할게요. 언제 다시 만나면 될까요?"

"일주일 뒤에 여기서 다시 만나면 되지 않을까요?"

그 말에 벨라가 난처한 표정을 지었다.

"사실은 제가 모레 저녁에는 스탈린그라드로 가는 기차를 타야 해서요."

"아, 그렇군요. 모레까지는 저도 좀 어렵겠는데……"

리진선이 머리를 긁적이며 말했다.

"그럼, 노트를 주세요. 일단 시라는 것은 알았으니까 됐습니다."

벨라의 말에 리진선은 노트를 돌려주려다가 다시 말했다.

"아닙니다. 시가 좋으니까 저도 좀 읽어보고, 제가 모레까지 번역한 뒤에 돌려드릴게요. 모레 정오에 여기서 다시 만나지요."

"좋아요. 그럼 그날 점심을 제가 살게요."

다시 만날 약속을 한 뒤 벨라는 리진선과 헤어졌다.

이틀 뒤 정오, 같은 교실 앞에서 기다렸으나 리진선은 나타나지 않았다. 왼손에 기행의 노트를 든 모습, 그게 벨라가 본 리진선의 마지막 모습이었다. 수소문 끝에 기숙사를 찾아가 다른 조선인 유학생을 만났지만, 그도 리진선의 행방을 알지 못한다고 했다. 하지만 당황한 빛이 역력해서 아는 게 있다면 무엇이든 말해달라고 부탁했더니 쭈뼛거리며 무슨 일로 리진선을 찾는지 물었다. 벨라는 어떤 물건을 빌려줬다가 오늘 돌려받기로 약속했는데 그가 나오지 않았다고 말했다. 그러자 무슨 물건인지는 모르겠지만 아마 돌려받지 못할 것이라는 대답이 돌아왔다. 이유를 캐묻자 그 학생은 매우 난감한 표정으로 전날 조선인 유학생대회가 열렸는데 그 자리에서 그가 당과 수령에 대한 불경스러운 발언을 했고, 그 일로 북한대사관에 구금됐다는 소식을 들었다고 말했다. 벨라는 정신이 번쩍 들었다. 남의 일에 끼어들어 좋을 게 하나도 없다던 빅토르의 말이 떠올랐다. 그가 말한 대로 일이 벌어졌다고 생각하니 분통이 터졌다.

벨라는 집으로 돌아가 짐을 들고 저녁 일곱시에 스탈린그라드행 기차에 올라탔다. 다시는 모스크바로 돌아가지 않고 딸 엘레나와 그 영웅 도시에서 두번째 인생을 살아갈 계획이었다. 그러다 기행에게 편지를 써야만 하겠다고 생각한 건 해가 바뀌고 난 뒤였다. 빅토르가 엘레나를 보기 위해 스탈린그라드로 찾아오면서 모스크바의 집으로 배달된 우편물을 가져왔는데, 거기에 북한에서 온 편지가 여러 통 있었다. 작가동맹에서 보낸 것도 있었지만 몇 통은 기행이 보낸 것이었다. 편지에는 북한 방문의 경험을 담은 신작시 한 편을 보내달라는 부탁과 함께 자신의 신작시도 보낸다고 적혀 있었다. 편지의 내용은 모두 똑같았다. 다만 세로로 쓰인 시들만 그 형태가 조금씩 달랐다. 며칠 뒤, 벨라는 기행에게 노트를 잃어버리게 된 과정을 설명하고 양해를 구하는 짧은 편지를 썼다. 그리고 망설이다가 빅토르의 강력한 충고대로 이제는 자신에게 조선어로 된 시들을 더이상 보내지 않아도 될 것 같다고 덧붙였다. 신작시를 함께 넣은 편지를 보내려고 우편국에 가보니 스푸트니크 2호 발사 기념우표가 나와 있었다. 그녀는 엘레나에게도 주기 위해 여러 장 구입했다. 그 우표에는 오른손을 높이 치켜든 여자의 모습이 그려져 있었다.

1958년의 스푸트니크 2호 우표

　그 우표에는 오른손을 높이 치켜든 여자의 모습이 그려져 있었다. 그녀는 하얀색 튜닉을 걸치고 있었고, 머리칼은 그 옷처럼 풍성하게 넘실거렸다. 기행은 고개를 들어 창가 쪽을 바라보다가 돌아서는 옥심과 눈이 마주쳤다. 뜻밖의 시선이 민망한지 그녀가 배시시 웃은 뒤 "번역을 마치면 저한테 주세요"라고 말했다. 대꾸 없이 기행은 다시 우표 속의 여자에게로 시선을 돌렸다. 여자의 발밑에는 축소된 크기의 지구가 있었고, 그녀의 손이 뻗어가는 방향으로 우주선이 솟아오르고 있었다. 배경에는 온통 별들뿐이었다. 여자와 지구와 우주선과 별들을 J 자 모양으로 배치된, '2차 소비에트 인공위성 1957년 11월 3일'이라는 문구가 감싸고 있었다.

　일 년 전의 일이었지만, 여전히 기행에게 그날이 생생한 까닭은 라디오에서 들은 뉴스 때문이었다. 그날 타스 통신은 인공위성에 탑승한 개가 최초 두세 시간 동안 온순하게 있으며, 전체적인 건강 상태는 만족스럽다고 보도했다. 나흘 뒤, 개기월식이 있었다. 쌀쌀했지만 아이들에게 월식을 보여주고 싶어 저녁을 먹고 온 식구가 달 구경에 나섰다. 언덕을 오르는 길에 기행이 아이들에게 해를 삼켰다가 뜨거워 뱉어버리고, 달을 삼켰다가 차가워 뱉어버린 전설 속 개 이야기를 했다. 아이들은 개를 찾겠다며 달을 올려다봤다. 기행은 평양의 밤 풍경을 바라봤다. 높이 솟은 기중기와 하나둘 재건된 웅장한 관청들과 그 너머에 가려진 누추한 움막들 위로 교교한 달빛이 공평하게 드리워지고 있었다. 개는 보이지 않았지만, 거기 개는 있었다. 달이 사라졌으니까. 내려오는 길에는 스푸트니크 2호를 타고 우주로 나간 개 이야기를 들려줬다. 아이들은 서로 자기가 먼저 인공위성을 찾겠다며 하늘을 올려다봤다. 아이들의 밤하늘에서는 달을 먹는 개와 우주선을 탄 개가 함께 있었다.

그리고 해가 바뀌어 1958년 5월 15일, 소련은 스푸트니크 3호를 쏘아올렸다. 문학신문 편집위원회에서 이를 기념하는 시를 게재하자는 의견이 나왔는데, 뜻밖에도 집필자로 기행이 결정됐다. 일 년 전 가을이 시작될 무렵, 『아동문학』의 확대 편집위원회 회의에서 기행이 발표한 동시들에 대한 비판이 제기된 뒤로 동시 청탁이 끊어진 상황인지라 기행 자신도 의아한 결정이었다. 문학신문은 당의 문예 정책을 정확하게 창작에 반영시키기 위해 만든 주간 신문이었다. 1956년 창간할 때 기행은 편집위원이었고, 그래서 그 문예 정책이 무엇인지 잘 알고 있었다. 당은 생각하고 문학은 받아

쓴다는 것. 그러자면 쓰는 동안에는 생각하지 말아야만 했는데, 기행은 그게 잘 되지 않았다. 비판자들의 표현에 따르면, '자아'가 너무 많았다. 그 자아는 비판받아 마땅하다고 그들은 말했다.

다음은 자아비판의 사례였다. 거절할 수 없어 기행이 쓴 그 기념시도 해와 달을 먹는 개와 소련의 과학자 개를 등장시켰다는 이유로 편집회의에서 종이가 너덜너덜해질 정도로 비판받았다. 주필과 편집위원들은 돌아가며 거의 모든 문장에 빨간 줄을 죽죽 그은 뒤 시를 새로 쓰다시피 했다. '나는 우주 정복의 제3승리자'라거나 '나는 공산주의의 천재'라거나 '지칠 줄 모르는 공산주의여'라거나…… "빌어먹을 개가 아니라 제3인공위성이 주인공이란 말이오"라고 한 시인이 말했다.

기행이 쓴 시 중에서 남은 건 두 연뿐이었다.

모든 착하고 참된 정신들에는
한없이 미쁜 의지, 힘찬 고무로
모든 사납고 거만한 정신들에는
위 없이 무서운 타격, 준엄한 경고로
내 우주를 나르는 뜻은
여기 큰 평화의 성좌 만들고저!

대기층을 벗어나, 이온층을 넘어

뭇 성좌를 지나, 운석군을 뚫고
우주의 아득한 신비 속으로
태양계의 오묘한 경륜 속으로
크게 외치어 바람 일구어
날아오르고 오르는 것이여,

며칠 뒤 한랭전선이 평양과 원산까지 내려와 냉기를 뿌리는가 싶더니 때 아닌 눈이 쏟아졌다. 5월의 눈은 기상관측이 시작된 이래 처음이라는 보도가 나왔으나, 아는 척하는 자들 중에서는 격변기에는 드물지 않은 자연현상이라는 말도 나왔다.

바로 그날, 엄종석이 지도위원실로 기행을 불렀다.

"이번에 문학신문에 쓴 시 봤소. 써보니 어떠시오?"

"편집위원들이 돌아가며 고쳐준 덕분에 제가 쓴 건 몇 자 되지 않습니다."

그러자 엄종석이 이맛살을 찌푸렸다.

"그런 걸 아쉬워하면 개인주의지, 사회주의자가 그런 소리 하면 아니 되오. 작가동맹 위원장 동지 덕분에 당이 여러모로 동무를 배려하고 있다는 사실을 잊지 마시오. 지면을 또 마련할 테니 월말까지 시를 써 내시오. 주제는 노력영웅 전승복에 대해서요. 전승복에 대해서는 알고 있소?"

"모릅니다. 누구입니까?"

"동무는 독보 시간에 뭘 하시오? 문덕군의 농민이오. 자세한 자료는 기요실에서 전달 받으시오. 그럼 일보시오."

기행은 나가지 않고 며칠 마음에 담아둔 말을 꺼냈다.

"그런데 지도위원 동지, 저는 시쓰기보다는 번역을 더 많이 하고 싶습니다. 요즘 번역거리가 통 제게 오지 않는데, 이 점을 어떻게 고칠 수 없겠습니까?"

그러자 엄종석이 눈을 치켜떴다.

"어째서 번역을 더 많이 하겠다는 거요? 동무는 시인이 아니오?"

"다 옛날 이야기입니다. 시를 쓰지 않은 지가 십수 년이 지나 이제 시인이라는 건 허울뿐인 이름이고, 실상은 기념시 한 편을 쓰는 데도 편집위원들의 도움을 빌려야만 할 처지입니다. 그러니 능력에 부치는 시작보다는 번역 쪽에 더 힘을 쏟는 게 나을 것 같습니다."

"옛날 이야기라…… 작가대회에서 나의 항의니 어쩌니 하며 시가 어떻고 저떻고 떠들어댄 게 얼마 되지 않은 것 같은데, 내 기억이 잘못된 것이오? 게다가 요 몇 년간 써낸 것은 시가 아니고 무엇이오?"

"그것은 동시였습니다만, 그 역시 지난해 아동문학분과에서 비판받은 뒤로 더이상 쓰지 못하게 된 것을 지도위원 동지가 오히려 잘 아실 겁니다."

"쓰지 못하는 것이오, 쓰지 않는 것이오?"

엄종석이 물었다. 기행은 그의 눈을 바라봤다.

"당연히, 쓰지 못하는 것입니다."

"그럼 좋소. 기회를 줄 테니 쓸 수 있을 때까지 계속 노력해보시오. 그러기 위해서는 번역의 짐도 줄여주라고 위원장 동지께서도 지시하셨소. 그게 아니더라도 소련이면 최고라는 식의 사대주의, 관료주의를 극복하고 우리 식대로의 주체적인 문학을 일궈나가라는 수령님의 교시를 듣지 못하였소? 앞으로는 번역보다는 창작에 매진하는 게 좋을 것이오. 지난해에도 동무는 부르주아 의식을 청산하지 못했다는 비판을 받지 않았소? 창작이 부진하다면, 그 이유를 추궁받을 것이오. 그때는 노동계급 속으로 파견돼 그들의 사상으로 재무장하는 절차를 거치게 될 것이오."

그제야 기행은 번역이 끊어진 것도 병도의 지시 때문이라는 사실을 알게 됐다. 엄종석이 말하는 '파견'이 무엇을 뜻하는 것인지 기행은 잘 알고 있었다. 그건 당이 요구하는 시를 써 내지 않으면 평양을 떠나야만 한다는 의미였다. 지방 신문사나 출판사로 갈 수도 있고, 기업소나 공장의 선전원으로 갈 수도 있다. 그중에서도 탄광이나 협동조합으로 가게 된다면 당이 그를 어떻게 처분했는지 다들 알 수 있었다. 그건 다시 평양으로 돌아오기 힘들다는 뜻이었다. 그 일을 피하자면 시를 써야만 했다. 시를 쓰는 것이야 어렵지 않았다. 기행은 얼마든지 쓸 수 있었고, 또 쓰고 있었다. 하지만 그건 당이 원하지 않을 뿐만 아니라 당장이라도 집필 금지를 당할 시가 분명했다. 이제 사상 검토에 내몰릴 각오를 하고 그런 시를 읽어줄 사람은 한 명도 없었다. 거기가 아닌 다른 어딘가, 지금이 아닌 먼 미래의 언젠가라면 혹시 모르겠지만.

기행은 잘 알겠다고 말한 뒤 돌아섰다. 그때 엄종석이 말했다.

"동무는 쓰지 못한다는 시를 소련의 시인은 많이 읽은 모양이라고 위원장 동지가 말하던데, 그건 또 어떻게 된 일이오?"

기행은 걸음을 멈추고 다시 돌아섰다.

"무슨…… 말씀이신지?"

"나도 그게 무슨 말씀인지 몰라서 동무한테 묻는 거요."

"소련의 어떤 시인을 말씀하시는 건지 도통 모르겠습니다."

그렇게 얼버무리면서도 기행은 엄종석과 병도가, 작가동맹과 그 모든 위원회가, 그리고 위대한 당과 수령이 두려워졌다. 그들은 자신에 대해 어디까지 알고 있는 것일까? 그들은 자신의 속마음을 모두 꿰뚫어보고 있는 게 아닐까? 연극을 하고 있는 것인지, 아니면 진짜 믿어서 행동하는 것인지. 개조될 여지가 있는지, 아니면 영영 추방해야만 할 존재인지. 그렇다면 자신은 어떻게 해야만 할까? 기행은 선택해야만 했다. 그는 더이상 벨라에게 한글로 쓴 시를 보내지 않기로 했다. 번역거리가 없다는 불안을 묵새기며 매일 노어번역실로 출근했다. 책상 앞에 앉아 작가동맹 기요실에서 받아온, 천리마기수들과 노력영웅들에 대한 자료를 읽었다. 자료는 이렇게 시작하고 있었다.

문덕군 룡오리의 전승복 동무는 모를 기르지 않고 직접 파종하는 건직파 담수 재배법을 창안하는 성과를 이뤄 로력영웅 칭호를 얻게 되었습니다. 영웅 칭호는 우리 공화국에서 줄 수 있는 가장 영예로운 칭호로서 그 부모와 자식에게까지 물려줄 수 있으며, 기차는 무료승차임은 물론이거니와 영웅 칭호자 좌석까지 따로 마련돼 있으니 이 또한 영광스러운 일입니다. 어디를 가나 특별대우를 받으며 군중집회에서는 의례적으로 주석단에 모셔지니 농민과 로동자들은 앞다퉈 로력영웅이 되기 위해 오늘도 불철주야 땀을 흘리고 있습니다.

노어번역실로는 소련 작가동맹에서 보낸 책과 우편물이 끊임없이 배달됐다. 기행은 유심히 살폈지만 벨라의 편지는 없었다. 대신에 한동안 겉봉에 많이 붙어 있던 스푸트니크 2호 발사 기념우표는 6월이 지나면서 차츰 자취를 감추고 스푸트니크 3호 기념우표가 그 자리를 차지하기 시작했다는 사실을 알 수 있었다.

여름이 되자 수령은 사회주의 건설의 대고조를 선언했고, 그에 발맞춰 각 기업소에서는 오 개년 계획의 과제를 일 년 반, 혹은 그보다 더 짧은 기간에 수행할 것을 결의하는 종업원 총회와 열성자 회의가 잇따랐다. 세밀한 설명, 서양철학 용어, 이론과 복잡한 것을 싫어하고 작가들에게도 늘 노동자와 농민들이 알아들을 수 있을 정도로만 쓰라고 교시한 것처럼, 수령은 자신이 원하는 생산 속도를 하루에 천리를 달린다는 전설 속의 말 '천리마'에 비유했다. 그런 속도 경쟁의 와중에서도 기행은 노력영웅 전승복에 대한 시를 써 내지 못하고 있었다. 아니, 써 내지 않고 있었다.

창작 부진의 작가들을 위한 자백위원회

하지만 이제 다른 연극이 상영중이오니
이번만은 저를 면하도록 하옵소서.

_보리스 파스테르나크, 「햄릿」 중에서

스탈린 거리와 점점 지워지는 소설가

가을이 깊어지고 있었다. 모란봉극장 앞에서 잡아탄 버스가 스탈린 거리를 지날 무렵, 지붕을 때리며 빗방울이 떨어지기 시작했다. 작은 북을 메고 김일성광장에서 행진을 연습하던 소녀들이 소리를 지르며 근처 건물의 처마밑으로 순식간에 흩어졌다. 굵은 빗방울이 차창을 때렸고, 구슬처럼 작은 물방울들이 소리 없이 유리 위를 미끄러졌다. 버스는 광장 앞을 천천히 지나갔다. 불과 오 년 전까지만 해도 거기에는 휘어진 철근과 건물 잔해와 썩은 물이 고인 웅덩이뿐이었다. 하지만 전쟁이 끝나자 제일 먼저 본정통과 남문통을 잇던 옛 전찻길이 동유럽풍의 거리로 재탄생했다. 광장은 그 거리 북쪽에 만들어졌다. 평양 시민들이 모두 나서 땅을 골랐고, 덕분에 거기서 해방 팔 주년 기념 열병식을 치를 수 있었다.

팔 년이란 얼마나 짧은 시간일까. 또 얼마나 긴 시간일까. 조국이 해방될 때 기행은 서른네 살이었다. 그 나이에 예수는 십자가에 못박혀 세상을 구원했다. 구세주는 못 되더라도 새로 태어난

공화국을 위해 무엇이라도 할 수 있겠다는 열정은 있었다. 사람이 사람을 착취하지 않고 모두가 땀흘려 일해 얻은 바를 즐거이 나누는 새 세상에 대한 꿈으로 그의 가슴은 벅차올랐다. 그러나 그 환희는 그리 오래가지 않았다. 정전협정이 체결된 1953년 여름, 그는 폐허 위에서 모든 것을 다시 배워야만 했다. 잔해에서 쓸 만한 벽돌을 골라내는 법, 경사진 철로를 따라 밀차를 밀고 가는 법, 물을 많이 마시지 않고도 탈수를 피하는 법…… 그리고 희망과 꿈 없이 살아가는 법까지도. 십자가에서 절망을 온전히 받아들인 예수는 '엘리 엘리 라마 사박다니', 그러니까 '나의 아버지여, 나의 아버지여, 왜 나를 버리시나이까'라고 절규했다지. 그런 생각을 하며 고개를 들면, 한때 감리교회가 서 있던 남산재 빈 언덕이 눈에 들어왔다. 희망과 꿈을 버리고, 또 '나'를 버리면, 죽음과도 같은 이 깊은 골짜기를 지나 저 언덕에 다다를 수 있는 것인지.

몇 년 사이에 그 주변은 완전히 새로운 곳으로 바뀌었다. 전쟁이 끝나고 그 거리에 우후죽순처럼 들어섰던 판잣집 가게들을 모두 철거한 뒤, 폭 사십 미터가 넘는 대로를 닦고 스탈린 거리라고 이름 붙였다. 그 거리의 양옆으로는 전쟁이 끝난 뒤 지은 널집과 움집이 즐비했다. 쥐들 때문에 구멍 뚫린 아궁이에 이와 벌레들이 들끓고, 비가 내리면 바닥에 흥건하게 물이 고이는 집들이었다. 그런 방이나마 많지 않아 여러 명이 부대끼며 살아가고 있었고, 그 탓에 여름이면 전염병이 끊이지 않았다. 이런 열악한 환경을 신속히 개선하기 위해 학생, 노동자, 사무원 할 것 없이 모든 사람들이 복구 사업에 동원됐다. 하루에 일정 시간은 누구나 다 참가해야만 했고, 일요일도 예외는 아니었다. 기행도 일을 마치고 난 뒤에는 작가동맹의 몫으로 배정받은 구역으로 나가 돌을 나르고 흙을 쌓아야만 했다. 작가들 중에는 결핵에 걸린 이들이 많아 다른 구역보다는 작업이 더디게 진행됐다. 기행도 몸이 예전 같지는 않았지만, 다행히 큰 병은 없었다.

그렇게 몇 달이 지나는 동안, 처음에는 잘 보이던 모란봉의 해방탑이 올라가는 건물에 가려지는가 싶더니 언젠가부터 완전히 보이지 않게 됐다. 그리고 얼마 뒤 스탈린 거리에 오층짜리 아파트들이 들어섰다. 거리 양옆으로는 추위에 잘 견디는 네군도단풍나무가 가로수로 식수돼 봄이면 마치 빨간 색실로 술을 달아놓은 듯 꽃이 피었다. 덕분에 그 그늘 아래에서는 유럽의 한 도시를 거니는 듯한 기분마저 들었다. 하지만 눈을 돌리면 여전히 나무를 실은 소달구지와 하얀 저고리의 여인들과 맥고모자를 쓴 중년 남자들이 지나가고 있었다. 이는 완전히 새로운 풍경이었다. 새롭다는 것은 눈에 보이는 것만을 말하는 게 아니었다.

버스가 평양호텔을 지나 인민군 거리로 접어든 뒤에도 빗방울은 가늘어지지 않았다. 인민군 거리 중간쯤에서 하차한 기행은 가방을 머리 위로 들어 비를 가린 뒤, 평양의학대학 뒤쪽의 흙길로 뛰었다. 그 길 끝에는 판자로 얼키설키 지어놓은 가게들이 서 있었다. 전쟁이 한창일 때는 공장도, 시장도, 극장도, 학교도 모두 땅속으로 들어가야만 했다. 공습을 피할 방법이 없었던 것이다. 그러다가 전쟁이 멈춘 뒤로는 하나둘 토굴 바깥으로 나왔는데, 발빠른 사람들은 부서진 집에서 쓸 만한 나무와 자재들을 가져와 새로 닦은 길 옆에 가게를 짓기 시작했다. 그러자 자연스럽게 시장이 형성됐다. 평양 인근의 농부들이 시장으로 나물과 과일과 곡식을 가져와 팔았고 그 옆으로는 두부 상자와 콩나물시루와 빵을 파는 좌판이 설치됐다. 사람들이 북적대자, 다리 사이로 털 빠진 강아지들이 지나가기도 했다. 조금 지나니 어물전도 생기고 잡화상도 생겼다. 잡화상에는 중국제나 소련제 상품들도 있었지만, 대개 집에 있던 값진 물건이나 죽은 사람들의 유품이 매대에 올랐다. 간혹 러시아 책이나 일본 책들이 굴러다녀 기행은 틈만 나면 시장의 잡화상을 찾아가곤 했다. 그럴 때면 늘 들르던 곳이 바로 대동강국수점이었다.

기행이 문을 열고 들어가 가방과 몸에 묻은 물기를 털어내고 있노라니 주인 할머니가 힐끔 내다보고는 방문을 열고 나왔다. 면 삶는 냄새에 군침이 돌아야 할 텐데, 축 처진 공기는 쿰쿰하기만 했다. 그는 한 사람이 더 올 것이라고 말한 뒤, 문가에서 비 내리는 거리를 내다봤다. 작업복을 입은 학생들이 차가운 가을비에도 아랑곳하지 않고 열 맞춰 걸어가고 있었다. 그들의 노랫소리가 아련하게 들렸다. '백두의 정기는 넘치고 우리 손으로 새 사회 꾸린다. 동무여 나가자, 혁신의 불길이 타오른다. 영명한 수령의 부르는 한길로 아름다운 청춘의 희망은 꽃피네. 폭풍도 우뢰도 사나운 격랑도 우리의 앞길을 막을 자 없다네, 막을 자 없다네. 동해의 물결은 드높고 우리 힘으로 낙원을 꾸민다. 우리는 선구자 세기를 앞당겨……' 수령의 부름에 따라 그들이 만들려는 새 사회와 낙원이 어떤 모습일지는 기행에게 분명하지 않았다. 다만 그들의 앞길을 막을 자가 점점 줄어들고 있다는 것만은 분명했다. 제일 먼저 일제 치하 남쪽에서 투쟁한 공산주의자들이, 그다음에는 중국 관내에서 무장투쟁한 군인들이 사라졌고, 이제는 소련군과 함께 들어온 소련 국적자들이 하나둘 정치의 무대에서 내려가고 있었다.

"잘 오셨소. 이번주까지만 영업하고 문 닫으려던 참이오."

어느 틈엔가 다가온 주인 할머니가 기행에게 말했다. 평양에서 경을 사귀던 시절부터의 단골집이었다. 그러다가 어느 사이에 아내였던 경도 헤어지고, 또 경과 같이 살던 집도 없어지고, 해방이 찾아오고 인민공화국이 건국됐다가 전쟁이 벌어지는 등 세상이 여러 번 변하는 와중에도 그 맛을 잃지 않던 곳이었다. 많은 것들이 바뀌는 세상이라고 해도 변하지 않는 게 하나쯤은 있어도 좋겠다고 생각했기에 기행에게는 무척 서운한 말이었다.

"그간에도 용케 버틴다고 생각했더랬습니다."

기행이 말했다. 그도 그럴 것이 전쟁이 끝난 뒤 당은 상공업자들의 자본 축적을 막기 위해 민간 상업을 억제하는 정책을 적극적으로 펼쳤기 때문이다. 그중 하나가 양곡, 술, 담배 등의 민간 거래를 금지하고 국가가 독점하는 법안이었다. 그 결과, 전쟁으로 배급 체계가 붕괴되고 각자가 먹을 것을 찾아 나서면서 우후죽순처럼 생겨났던 수많은 식당과 술집과 노점과 상점이 한꺼번에 문을 닫기 시작했다.

"오래 버티긴 버텼지. 인민지원군이 있어 고기며 곡식을 구할 수 있었는데, 이제 중국 군대가 돌아간다니 식당을 더 해나갈 재간이 없게 돼버렸소."

"그럼 이제는 뭘 하실 겁니까?"

"글쎄, 식당 조합으로 들어오라는데 이 나이에 들어가 무엇 하겠소? 남은 것만 다 팔고 문 닫을 작정이오. 근처에 전염병 환자가 나온 곳이 있다던데 그 김에 이 시장을 다 밀어버린다는 소문도 돌고, 아무튼 평생 역 앞에서 국수 팔았으니 장사할 만큼 한 것 같소."

"이 집 음식맛을 잊지 못하는 사람들이 많았는데, 아쉽게 됐습니다."

"그러게나 말이오. 단골들은 다들 기억나오만, 전쟁통에 죽은 사람도 있고 갑자기 사라진 사람도 있고…… 상허 선생 소식은 좀 듣소?"

문득 생각났다는 듯이 그녀가 물었다.

"함흥 어디 신문사에서 교정원으로 일한다는 얘기는 들었습니다만."

"그 이야기야 나도 진즉에 듣긴 했지만, 그뒤는 말 그대로 함흥 차사시네. 그 양반이 그렇게 될 줄은 어떻게 알았겠소? 세상일이 그냥 그렇게 되어가는갑소."

'그냥 그렇게'라고 말할 수밖에 없는 사정을 기행은 이해할 수 있었다. 그 국숫집은 해방 뒤 일가족을 이끌고 평양으로 온 소설가 상허가 자주 앉아 있던 곳이었다. 전쟁이 나기 전까지만 해도 가족들과 식사하는 모습을 종종 볼 수 있었다. 하지만 언젠가부터 평양 사람들에게 그는 없는 사람이 돼버렸다.

그런 그를 기행이 평양에서 마지막으로 본 건 이태 전 연초의 일이었다. 솜눈이 쏟아져 순식간에 세상이 하얗게 뒤덮이던 날, 그는 눈을 뒤집어쓴 채 비틀거리며 얼어붙은 길을 걸어왔다. 마치 물에 빠져 허우적대는 사람처럼 두 팔을 흔들고 있었다. 그러다가 기행을 알아보고는 환한 얼굴로 "자네, 돈 좀 있는가?"라고 말했다. 기행이 바로 대답하지 못하고 난감한 표정을 짓자, 변검술 하는 경극 배우처럼 금방 안색을 바꾸더니 "대동강국수점 오이장김치가 별미인데, 이런 날 안주 삼아 소주 마시면 좀 좋겠나?"라고 말했다. 그 무렵, 그는 집필을 금지당한 채 사실상 가택연금에 처해져 있었기에 그 행동이 기행에게는 새삼 대담하게 느껴졌다. 그래서 낮부터 술이라도 드셨는가 싶었는데, 그건 아니었다. 다시 상허가 "바쁘지 않으면 내 이야기 좀 들어보겠나?"라고 말했다.

기행은 대답을 망설였다. 당시에는 그와 만나기만 해도 사상을 의심받던 시절이었다. 마치 단 한 번의 접촉만으로 바이러스에 감염됐다고 여기듯이. 그러는 동안에도 눈은 그의 머리 위에, 어깨 위에, 신발 위에 내려 쌓였다. 그는 그 거리에서 곧 지워질 것처럼 보였다.

'쥐바고 박사'가 피워 올린 불꽃

하늘이 맑아지면서 비가 그친 뒤에야 옥심은 국숫집 문을 열고 들어왔다. 번역실에서 갑자기 모습을 감춘 지 근 한 달 만에 보는 얼굴이었다. 파마머리는 온데간데없고 긴팔 셔츠에 몸뻬 바지 차림이었다. 기행이 잠깐만 보자고 몇 번이나 편지를 넣었지만 답장이 없다가 오늘 아침에 불쑥 번역실로 찾아왔다. 번역실에는 보는 눈이 많아 퇴근 후에 대동강국수점에서 보자고 약속했는데, 비 때문인지 늦게 나타난 것이다. 그럼에도 비를 피하지 못했는지, 머리카락과 얼굴에서 빗물이 뚝뚝 떨어졌다. 딱하게 여긴 주인 할머니가 수건을 줄 테니 빗물부터 닦으라며 그녀를 방안으로 잡아끌었다. 할머니가 옥심에게 뭐라고 다독이는 듯한 소리가 흘러나왔다.

한참 만에 다시 나와 기행의 맞은편에 앉은 옥심의 얼굴이 세수라도 한 것처럼 말갰다.

"오전에는 일이 많아 이따 보자고 말한 것인데, 비가 내릴 줄은 몰랐습니다. 공연히 비 많이 맞아 몸 상할까 걱정이군요."

"일없습니다. 감기 같은 거."

옥심은 창밖으로 시선을 돌렸다. 누르뎅뎅한 햇살이 두꺼운 구름장 사이로 삐져나오는 동안, 포대기로 아이를 업은 채 짐을 이고 가는 여인과 중절모를 쓴 중년 남자와 교복을 입은 학생들이 빗물이 고인 물탕을 피해 걸어가고 있었다.

"세상은 변한 게 하나도 없네요. 여느 때와 마찬가지군요. 무심해진다는 선 이런 것일까요?"

기행도 고개를 돌려 창밖을 내다봤다. 그는 아직도 무심이라는 게 무슨 뜻인지 알지 못했다.

"선생님은 어떤 분이신가요? 번역실에 몇 달 안 있기도 했지만, 좀체 말씀이 없으시니 저는 잘 모르겠습니다. 시를 쓰셨다니 분명 좋은 분이시겠지요?"

"그냥 동무라고 불러도 됩니다."

"번역실에 있을 때야 남들 들으라고 그렇게 불렀지만, 이제는 자유로운 몸인걸요. 이 자유를 만끽하고 싶네요."

뜻밖의 말이었다.

"자유를 만끽한다니 부럽군요."

기행은 약간 심술이 났다. 중앙당학교 교장이었던 그녀의 아버지가 숙청당해 그녀도 번역실에서 쫓겨나게 됐다는 뒷말을 기억하기에 그게 자조 섞인 말임을 짐작하면서도, 자신이 이제 조롱에 갇힌 새 신세가 되고 보니 그녀의 말이 고깝게 들렸다. 그러고 보면 좋은 분이라니 가당치도 않은 말이었다.

"난 절대로 좋은 사람이 아닙니다. 남들에게 폐만 끼치며 엉망 진창으로 살아왔어요. 이제 그 대가를 톡톡히 치를 것 같군요."

"왜 대가를 치른다는 건가요?"

"중앙당에서 파견된 지도 그루파가 나를 위한 자백위원회를 열 겠다고 하니 그간 내가 행했던 그 모든 우둔한 실수와 미욱스러운 실패가 만천하에 드러나지 않겠소?"

그러자 옥심이 말했다.

"좋네요. 좋아요. 그럼 됐어요."

"뭐가 좋고, 뭐가 됐다는 거요?"

기행이 말했다.

그때 주인 할머니가 온면 두 그릇을 들고 나왔다.

"일단은 먹고 말씀드릴게요. 맛있겠다."

옥심이 젓가락을 들면서 말했다. 둘은 정신없이 젓가락을 놀렸다. 그러다가 기행이 먼저 그릇을 다 비우고 젓가락을 내려놓았다. 그는 왼손으로 흘러내리는 머리칼을 잡고 하얀 면에 입김을 불어가며 국수를 먹는 옥심을 물끄러미 바라봤다. 기행과 마찬가지로 옥심도 국물까지 싹 비웠다. 먹고 나니 그녀의 표정이 한결 부드러워졌다. 그건 기행도 마찬가지였다.

"오랜만의 외식이네요. 처음 모스크바에서 돌아왔을 때만 해도 혼자서도 씩씩하게 게장집을 찾아가곤 했었는데…… 게장은 원래 아빠가 좋아하던 음식이었는데, 그때 혼자 먹은 게 두고두고 미안했었어요. 그런데 지금도 그렇네요. 비 오는 날, 국수 한 그릇. 이렇게 작은 것에 인생의 행복이 있는데, 도대체 사람들은 어디서 무엇을 찾고 있는 것일까요?"

"먹고 싶으면 한 그릇 더 드시오. 이제 이 국숫집도 문을 닫는다고 하니."

옥심은 한숨을 내쉬었다.

"내가 좋아했던 것들이 하나씩 없어지네요. 이 작은 행복조차도 가질 수 없는 땅이라니. 선생님은 좋은 사람이 아니라고 했으니까 이런 말을 해도 되겠죠?"

"그런 말을 들었으니 이제 좋은 사람이 되긴 틀려버렸군요."

"왜 겁나세요? 자백위원회가?"

"말했잖아요. 나는 좋은 사람이 아니라고. 솔직히 겁납니다. 거기서 또 무슨 말이 나올지."

"그렇게 겁 많으신 분이 저는 왜 보자고 하신 건가요?"

옥심이 물었다.

"옥심 동무가 번역실을 그만두기 전에 내게 번역해달라며 준 시들이 있지 않소? 혹시 그 시들이 담긴 편지봉투를 누구에게 받았는지 알 수 있겠습니까?"

"그것 때문에 저를 보자고 하신 건가요? 자꾸 연락이 와서 사실 무서웠습니다. 왜 그러시는지 몰라서."

"옥심 동무는 어떤 사람이오? 좋은 사람이오? 내가 계속 얘기를 하는 게 옳을지 아닐지 잘 모르겠네."

기행이 말했다. 그녀는 기행의 눈을 한참 바라봤다.

"이런 세상에서는 좋은 사람으로 산다는 것이야말로 너무나 나쁜 짓이 아닙니까? 저는 지금 혼자서 살아보겠다고 집에서 나와 있는 기예요. 그게 최선이라는 엄마의 말을 인정할 수밖에 없기에."

그러더니 그녀는 가방에서 뭔가를 꺼내 기행에게 내밀었다.

"이게 뭡니까?"

"보면 모르세요?"

물론 그게 뭔지 기행이 모를 리는 없었다. '떼떼(T.T.) 권총'이라고 부르는 소련제 권총이었다.

"왜 이런 걸 들고 다니는 거요? 어서 가방에 넣어요."

기행이 권총을 옥심 쪽으로 밀었다. 옥심은 권총을 다시 가방에 넣었다.

"자, 이제 제가 좋은 사람은 아니라는 걸 확인했으니 말씀해보세요. 왜 저를 보자고 하신 건가요?"

기행은 옥심을 바라봤다. 누구도 믿을 수 없었다. 옥심도 마찬가지였다.

"나는 다만 벨라가 보낸 그 봉투를 옥심 동무가 누구에게 받았는지, 받는 사람이 지워져 있는데도 왜 동무는 그게 내게 온 거라고 말했는지, 그렇다면 봉투 안에 벨라가 보낸 편지는 없었는지 등등 궁금한 게 많아서 만나자고 했습니다."

"왜 그게 궁금하신 건가요?"

"그건 내가 자백위원회에 소환됐기 때문이오. 적어도 무엇을 자백해야만 하는지는 알아야겠기에."

"자백위원회가 그런 곳은 아닐 텐데요. 아는 것을 자백하라고 강요하는 곳은 아니라는 말입니다. 모르는 걸 자백하라고 하는 곳이지."

옥심은 여전히 냉소적이었다.

"좋습니다. 말씀드리지요. 그 봉투는 고매하고 위대하신 작가동맹 위원장 동지에게 받았습니다."

그건 병도를 뜻했다.

"왜 그렇게 비꼬듯이 말하는 거요?"

"서로 잘 아시는 분인가요?"

"그렇소. 얼굴을 본 지는 꽤 오래됐지만……"

"그럼 조심하시길요. 저는 잘 모르지만, 경멸할 만한 인간이라는 사실 정도는 잘 알고 있으니까."

가시 돋친 말이 거듭돼 기행은 당황스러웠다.

"물으셨기에 저는 대답했을 뿐이에요."

기행이 굳은 표정을 짓자 옥심이 말했다.

"알겠소. 나는 그걸 누구에게 받았는지만 알면 되는 것이었소.

오늘은 이만 헤어집시다."

기행이 자리에서 일어섰다. 그러자 따라 일어선 옥심이 그의 팔을 잡았다.

"선생님은 좋은 사람이 아니라면서요. 좋은 사람도 아니면서 양심 없는 이를 욕하기로서니 이렇게 벌떡 일어나십니까? 저와 저희 가족은 한 번도 나쁜 마음을 먹고 산 적이 없는데 말입니다."

순식간에 옥심의 두 눈에 눈물이 가랑가랑 맺혔다. 기행은 한숨을 내쉬었다. 그즈음 그렇게 갑자기 눈물을 쏟아내는 사람들을 흔히 볼 수 있었다. 뒷길로만 걸어다니는 남자들이 있었고, 아이들의 손을 잡고 세대주의 이름을 부르며 우는 여자들이 있었다. 되도록 그런 사람들을 피해 다녀야만 한다는 건 저절로 몸에 밴 처세술이었으므로 그러면 안 된다는 것을 알면서도 기행은 그만 주저앉듯이 다시 자리에 앉고 말았다.

"그게 내게 보내는 거라는 것도 위원장에게 들은 것이오?"

기행이 물었다. 옥심은 두 손으로 눈물을 닦아내고 말했다.

"그 사람이 내게 봉투를 건네기 전에 잉크로 수취인을 지웠는데, 제 눈에는 선생님의 이름처럼 보였습니다. 하지만 어쩌면 아닐 수도 있어요."

"그렇다면 내 이름이 맞을 거요. 제목이 '트로핀카'인 시는 내게 보낸 게 맞으니까."

"그럼 거기 적힌 '조선의 시인'이라는 건 선생님을 말하는 건가요?"

"그렇소."

기행이 고개를 끄덕였다. 벨라가 보낸 그 시에는 '조선의 한 시인에게'라는 부제가 붙어 있었다. 시는 다음과 같이 시작했다.

러시아말, 나의 말에 정든 그대
먼 나라 조선에서 들려주더니—
러시아말, 나의 말, '트로핀카'가
그지없이 그 마음에 드노라고.

"그렇다면 편지가 있었을 텐데…… 편지 없이 시만 보냈다는 것도 이상하고, 위원장 동지가 그걸 내게 주지 않고 오랫동안 가지고 있었다는 것도 이상하고. 게다가 같이 들어 있던 시 「햄릿」은 잘 모르겠소. 벨라가 그 두 시만 넣어 보냈다면 그건 내게 보낸 게 아닐 겁니다."

"「햄릿」은 제가 넣은 겁니다. 첫 문장부터 번역이 막혀 선생님은 어떻게 번역할지 궁금했거든요. 「햄릿」도 번역하셨나요? 'Гул затих'를 어떻게 번역하셨나요?"

만난 뒤 처음으로 옥심의 표정이 환해졌다. 기행은 그 시를 외고 있었다.

"'지껄임은 잔자누룩해졌다'입니다."

"솔직히 무슨 말인지 모르겠군요. 저는 아직도 조선말이 어렵습니다. 저는 뭐라고 옮겼더라."

그러더니 그녀는 가방에서 노트를 꺼내 페이지를 넘기고는 말했다.

"여기 있군요. 저는 '소요는 진정되었다'라고 옮겼네요. 역시, 시는 어렵네요."

"이건 누구의 시요? 벨라의 시는 아닌 것 같은데."

"보리스 파스테르나크의 시입니다. 소설『쥐바고 박사』에 실려 있습니다. 스스로 최고의 작품이라고 공언했는데,『노비 미르』에 보냈다가 주필인 시모노프에게 반소비에트적이라는 이유로 게재 거부를 당했죠."

그 사건은 기행도 잘 알고 있었다. 그는 콘스탄틴 시모노프의 『낮과 밤』을 번역했기에 스탈린상을 여섯 번이나 받은 그 소설가의 정치적 성향에 대해 잘 알고 있었다. 시모노프는 파스테르나크가『쥐바고 박사』에서 지식 계층이 10월혁명에 대해 올바른 결정을 내렸는지에 대한 질문을 던지고는 무조건 그 대답이 부정적으로 나오도록 소설을 구성했다고 비판했다.

"그래서『쥐바고 박사』는 출판이 금지된 게 아니오? 그런데 거기 실린 시를 어떻게 읽었소?"

"물론『쥐바고 박사』는 읽을 수 없습니다. 하지만 소설 속 쥐바고 박사가 죽고 난 뒤 그의 시라면서 소설 말미에 실렸다는 시들은 읽을 수 있어요. 파스테르나크의 다른 시들과 함께 타자기로 인쇄해 손으로 묶은 시집이 은밀하게 돌고 있거든요. 소설이면 몰라도 시집은 하룻밤이면 다 베낄 수 있으니까. 해빙 이후로 모스크바에서는 출판이 금지된 시들을 그렇게 읽고 있어요. 파스테르나크가 서방으로 망명하지 않은 것도 시 때문이죠. 러시아인들만큼 시와 시인을 사랑하는 민족은 없으니까. 모스크바의 대학가에서 열리는 젊은 시인들의 낭독회에는 발 디딜 틈이 없어요. 그들이 새로운 영웅들이지요. 궁금하시다면 다른 시도 보여드릴 수 있어요."

옥심이 말했다.

"뭐, 그렇게까지 궁금하진 않소."

"모스크바에 있을 때, 이 노트에 다 베껴놓았거든요."

옥심이 노트를 내밀었다. 기행은 그 노트를 받아 한 장씩 넘겨가며 천천히 훑어봤다. 모든 시를 탐낼 수는 없었다. 하나 혹은 두 편 정도를 골라 외워버릴 작정이었다. 그러다가 「겨울밤」이라는 시를 발견했다. 러시아어로 쓰인 그 시를 읽어가며 그는 상상했다. 거친 바람에 눈보라 천지가 된 세상을 상상하고, 혼자 있는 방 창 밑의 책상 위에서 옹골차게 타오르는 촛불 하나를 떠올렸다. 그다음은 겨울의 촛불이 꾸는 여름의 꿈과, 붕붕대는 소리를 내며 날벌레가 날아드는 꿈을, 요란스레 창문을 흔들며 그 꿈을 깨우는 눈바람을 생각했다. 그렇게 그는 시를 한 줄 한 줄 외워나갔다.

그리고 종이를 한 장 넘기니 거기 옆의 여백에 손으로 쓴 한글 문장이 나왔다.

시대의 눈보라 앞에 시는 그저 나약한 촛불에 지나지 않는다. 눈보라는 산문이며, 산문은 교시하는 것이다. 당과 수령의 말은 눈보라처럼 휘몰아치는 산문이다. 준엄하고 매섭고 치밀하다. 하지만 시는 말하지 않는다. 시의 할일은 눈보라 속에서도 그 불꽃을 피워 올리는 데까지다. 잠시나마 타오르는 불꽃을 통해 시의 언어는 먼 미래의 독자에게 옮겨붙는다.

"이것도 옥심 동무가 쓴 것이오?"
그러자 그녀는 고개를 흔들었다.
"그럼 누가 쓴 것이오?"
기행이 다시 물었다. 대답 대신 그녀는 다시 눈물을 흘리기 시작했다. 그 눈물을 보니 기행은 점점 마음이 무거워졌다. 일어났을 때, 그대로 자리를 떴어야만 했다고 생각했다. 아니, 지금이라도 늦지 않았다고. 그녀가 눈물을 그치고 무슨 이야기를 꺼내기 전에 일어나야 한다고. 머리로는 그 사실을 잘 알고 있었지만, 마음이 그렇지 않았다. 결국 자백위원회의 무대에 서서 몇 시간이고 비판받기만 할, 바로 그 마음이. 어쩌면 그건 이태 전 상허에게 보였어야만 할 마음이었는지도 모를 일이다.

평범한 사람들의 죄와 벌

이태 전, 상허의 말에 '술 한 잔 정도쯤이야'라고 생각했지만, 끝내 기행은 국숫집으로 들어가지 않았다. 시간이 없으니 서서 얘기하면 어떻겠느냐고 그는 말했다. 비겁했으나 어쩔 수 없었다. 정전 직후, 남쪽에서 올라와 북한 정권에 참여한 공산주의자들이 미제의 간첩이라는 혐의를 뒤집어쓰고 체포될 때, 문예총 부위원장이라는 직함으로 활발하게 활동하던 상허도 그들과 연루됐다는 의심을 받고 자리에서 물러나 두문불출 집에서만 지내고 있었다. 그때 잘 나오던 배급이 확 줄어들어 그 부인과 딸들이 장마당에 가재도구와 금붙이를 내다팔아 먹을 것을 구한다는 소문이 돌아도 누구 하나 들여다보는 이가 없었다. 염량세태였다기보다는 다들 도깨비감투를 뒤집어쓰기 싫은 까닭이었다. 남한 출신들과는 말만 주고받아도 내통한다는 오해를 살 때였다.

소주 얘기를 꺼내긴 했으나 기행의 기억 속의 상허는 술을 즐기는 사람이 아니었다. 해방 직후의 돌변에, 그러니까 문학의 순수성을 고수하던 입장에서 공산주의를 찬양하는 쪽으로 선회할 때 다들 놀라긴 했지만, 그가 고박하기 이를 데 없는 사람이라는 평가에는 변화가 없었다. 반면 기행은 좀 변했다. 마흔 살이 지나면서부터 만사가 허무해졌고, 술이 늘었다. 따져보니 인생은 전반적으로 실패였다. 원했던 삶이 있었는데, 모두 이루지 못했다. 시인으로 기억되지도 못했고, 사랑하는 여인을 아내로 맞이하지도 못했으며, 시골 학교의 선생이 되지도 못했다. 주변에서 제일 성공한 사람은 병도였다. 그는 해방 직후 소련군과 함께 평양에 나타난 젊은 수령의 귀환을 전설적인 장군의 개선으로 묘사한 소설을 누구보다도 빨리 썼기에 그뒤로 승승장구했다. 병도에 비하자면 기행이나 상허는 실패자들이었다. 실패자들끼리 얘기해봐야 더욱 의심만 살 뿐이라 서서 얘기하자는 기행의 말은 그저 인사치레에 불과했다.

그런데 정말 상허가 그 자리에 서서 이야기를 시작했다. 기행이 주변을 살피면서 들어보니 이십여 년 전 금강산에 놀러갔을 때, 원산 아래의 어촌들인 송전과 고저 중에서 숙소를 어디다 구할까 고민했다는 이야기였다.

"누가 고저가 편리하다고 해서 가봤더니만 일본식 여관이며 우편소가 있어 편리하기는 하다마는 그 편리가 당최 정이 안 가더란 말이지. 그래도 꾹 참고 신문 연재소설 한 회 차를 쓰려고 여관방 책상 앞에 앉았더니 옆방에 묵은 보통학교 국어 선생이 축음기에

〈노래는 듣는 것, 춤은 보는 것(歌は聞くもの, 踊りは見るもの)〉이라는 노래를 걸더란 말이야. 덕분에 소설은 쓰지도 못하고 유행가나 듣고 앉았는데, 그 외진 곳까지 와서 여관에 장기 투숙하며 유행가 몇 곡에 고단한 하루를 달래는 그 일본인 선생이 안됐다는 생각이 들더군. 하지만 소설 쓰기에는 좋지 않아 나는 송전의 동해여관으로 거처를 옮겼어. 거기서 가족을 불렀지."

송전은 통천항이 있는 고저보다는 한결 조용한 어촌이었다. 여인숙 정도밖에 안 되는 소박한 규모인데도 자기들끼리는 여관이라 부르는 곳이 두 군데였다. 하지만 그는 그 소박함과 고즈넉함이 좋았다. 무엇보다도 해풍을 맞고 자라 통 굵고 가지 적은 해송들이 마음에 들었다. 송전에서 묵은 첫날 밤, 객창으로 달빛이 환히 비쳤다. 주인에게 물으니 그날이 마침 보름이라고 해 상허는 달을 보기 위해 바다로 나갔다. 여관에서 해변으로 나가는 길은 양옆으로 소나무들이 서 있는 곧은길이었는데, 밤이 되니 그 길에 다니는 사람은 하나도 없고 달빛만 가득차 있었다. 그는 물속을 걷는 것처럼 달빛 속을 걸었다. 그러면서 그는 생각했다. 달빛은 어찌 이리도 밝은 것인가? 아무도 봐주지 않는데 달빛은 어찌 이리도 고운 것일까?

"그때 나는 한 사람도 살지 않는 세상을 상상했다네. 제일 먼저는 사막이나 바다, 혹은 북극과 남극처럼 실제로 사람이 살지 않는 곳을 생각하다가 그다음에는 송전처럼 외진 마을을, 그다음으로는 또 서울이나 평양처럼 큰 도시에 사람이 하나도 없는 풍경을 떠올렸지. 그랬더니 무서운 생각이 들더군. 그때에도 보름이면 이 세상은 달빛으로 가득차지 않겠나? 달이야 거기 사람이 있든 없든 찼다가 이지러지는 그 자연의 법칙을 반복하겠지. 그런 무심한 것이 자연이라는 것도 모르고 인간들은 거기에 정을 둔단 말이지. 마치 해와 달이 자기 인생을 구원해주기라도 하듯이 말이야. 오호, 우리의 태양이시여, 영원한 달님이시여, 라고 찬양하면서. 하지만 해와 달은 그 누구의 인생도 구원하지 않아. 우리도 그런 자연을 닮아 노래는 들리는 대로 들으면 되고, 춤은 보이는 대로 보면 되는 거지. 좋으니 나쁘니 마음을 쏟았다 뺏었다 할 필요는 없었던 거야."

해와 달의 이야기를 할 때, 상허의 얼굴에서 잠시나마 표정이 사라졌다. 기행은 그 무표정이 반가웠다. 잘 모를 때는 그 무표정이 까끈한 성격에서 기인한다고 여겼으나 상허가 조금 이상해지고 난 뒤부터는 그게 얼마나 인간적인 표정인지를 기행은 알게 됐다. 아무런 표정을 짓지 않을 수 있는 것, 어떤 시를 쓰지 않을 수 있는 것, 무엇에 대해서도 말하지 않을 수 있는 것. 사람이 누릴 수 있는 가장 고차원적인 능력은 무엇도 하지 않을 수 있는 힘이었다. 상허의 말처럼 들리는 대로 듣고 보이는 대로 볼 뿐 거기에 뭔가를 더 덧붙이지 않을 수 있을 때, 인간은 완전한 자유를 얻었다. 1958년 북한의 사람들에게 자유가 전혀 없었다는 말은 이런 맥락에서다. 그들은 들으라는 대로 듣고, 보라는 대로 봐야만 했다. 그리고 그들은 말하라는 대로 말해야만 했다.

상허는 해방 전까지만 해도 프롤레타리아문학과는 거리가 먼, 어쩌면 그 반대편에서 소설을 써온 사람이었다. 그렇지만 전쟁 때 종군작가가 되어 낙동강 전선까지 내려갔다가 돌아온 뒤 그 역시 반쯤 미쳐 있었다. 그 시기에 그가 쓴 소설들은 미군에 대한 적개심으로 가득차 있었다. 바로 그 시점에, 그의 인생에서 가장 격렬하고 직설적인 문장을 쓰고 있을 때, 해방 후 새로 등장한 젊은 문인들이 상허를 반동사상에 물든 작가, 소위 '순수문학'에 향수를 느끼는 작가, 반인민적이고 해독적인 작가로 몰아붙인 것이야말로 아이러니였다. 전쟁이 멈춘 뒤 몇 년 동안 계속된 사상 검토의 잔인함은 바로 거기에 있었다. 그건 매일 오전 일과 시간이 시작되기 전이나, 오후부터 밤까지 사람을 단상에 세워놓고 스스로 가장 믿어 의심치 않는 바로 그 점을 부인할 때까지 자백을 강요하는 일이었다. 예컨대 무차별폭격의 참상에 충격을 받고 미군을 저주하게 된 작가에게서 미제의 스파이였다는 자백을 이끌어내는 일. 지켜보는 자들 모두가 뭔가 이상하다고 생각해도 문제는 없었다. 당사자만 자백하면 그 모든 의문은 해결되니까.

사상 검토가 그런 것이라는 사실을 몰랐기에 전쟁이 멈춘 뒤 병도의 주도로 문예극장에서 처음 작가동맹 자백위원회가 소집됐을 때만 해도 기행이 보기에 상허는 주눅든 모습이 아니었다. 처음에 자아비판의 무대에 올라가는 자가 흔히 그러듯이 모든 것을 솔직하게 고백하고 나면 위원회가 자신의 무죄를 밝혀주리라 생각했을 것이다. 그래서 그는 담찬 표정으로 자신이 인간의 모든 문제들을 해결한 소비에트 사회를 얼마나 지지했는지, 새로 탄생한 인민공화국을 얼마나 사랑하는지 고백했다. 하지만 자백위원회는 그 이름에서 알 수 있다시피 고백이 아니라 자백을 원했다. 그러면서도 자백과 고백이 어떻게 다른지에 대해서는 설명해주지 않았다. 자백을 하라는 말에 상허는 우두커니 서 있었다. 그날, 집에 돌아온 기행은 『표준조선말사전』을 찾아봤다.

고백 〔명〕숨긴 일이나 마음속에 생각하는 바를 그대로 솔직히 말하는 것.

자백 〔명〕(해당 기관이나 조직 또는 남들 앞에서) 자기가 저지른 죄과에 대하여 스스로 고백하는 것 또는 그러한 고백.

그 해설에 따르면, 자백은 오로지 죄과만을 고백하는 것이었다. 그것도 해당 기관이나 조직이나 남들 앞에서. 그러나 다음날 다시 무대에 오른 상허는 전날과 마찬가지로 종작없이 애정과 충성을 고백했다. 그는 자신이 위대한 당과 작가동맹의 문학 정책을 얼마나 지지하는지 납득시키려고 애썼다. 그러나 이미 수령에 의해 반동 부르주아 작가로 규정된 소설가에게 자백위원회는 메꿎게도 자백만을 원했다. 어떤 고백으로도 그들의 마음을 돌릴 수 없다는 사실을 받아들이면서 상허는 조금씩 흔들리기 시작했다. 이제 그에게는 더이상 털어놓을 이야기가 없었다. 하지만 자백위원회의 무대에서 침묵은 유죄의 간접적 증거였다. 비밀이 없는 사람은 가난하다고 말했던 친구가 누구였지? 그땐 다들 그 친구를 불쌍히 여겼지만, 지금 돌이켜보니 해방이 되기 전에 요절한 그이가 가장 행복했구나. 상허는 한 번쯤 그런 생각을 했을지도 모른다.

　마지막으로 상허는 송전의 해산물 값이 얼마나 싼지에 대해 말했다. 가자미, 홍합, 꽁치, 해삼, 전복 등등. 일원이면 그 전부를 몇 두름이고 사먹을 수 있었다고 했다. 그래서 처음에는 좋았지만 곧 아내가 싫증을 내서 그는 하는 수 없이 이웃집 할머니에게 부탁해 암탉 한 마리를 잡아달라고 했다. 하지만 칼을 들고 삼밭으로 간 할머니가 시간이 지나도 오지 않아 닭을 놓쳤나 해서 찾아가니 그때까지도 한 손으로는 닭을 붙들고, 또 한 손으로는 칼을 잡은 채 울고 있었다고 했다. "왜 여태 안 죽이고 앉아만 있소?"라고 상허가 물었더니만 그 할머니가 대답하기를, "차마 내가 기르던 걸 못 찌르겠어요"라고 했다고. 그러면서 상허는 돌이켜 생각하니, 눈물겹다고 했다. 돈은 받았으되 기르던 닭을 찌르지는 못하는 처지. 차마 아무것도 못하는 처지.

　"그런 게 바로 평범한 사람들이 짓는 죄와 벌이지. 최선을 선택했다고 믿었지만 시간이 지나 고통받은 뒤에야 그게 최악의 선택임을 알게 되는 것. 죄가 벌을 부르는 게 아니라 벌이 죄를 만든다는 것."

그게 그날 반쯤 지워질 때까지 하얗게 눈을 맞으며 기행이 상허에게서 들은 이야기의 전부였다. 그럼에도 그날 기행이 그에게서 송전 바닷가 이야기만 들었느냐고 묻는다면, 물론 그것은 아니었다.

아직 식지 않은 빵과 당나귀와 카자흐 여인들

"사실은 아빠가 며칠째 집으로 돌아오지 못하고 있어요. 어디에 계신지 아무도 말해주지 않아요. 대신 내무서원들이 우리집을 검열하러 온다고 해서 엄마가 챙겨주는 가방을 들고 저만 허겁지겁 나온 거예요. 나와서 보니까 권총이랑 부모님 사진이랑 결혼증명서 같은 게 들어 있네요. 이걸 들고 갈 곳이 없어 오전에는 번역실로 찾아간 거였습니다."

울음을 그친 옥심이 질문에는 대답하지 않고 아버지 얘기를 꺼냈다.

"혹시, 아버지도 소련 국적자입니까?"

기행이 물었다.

"원래는 그랬는데, 중앙당학교 교장으로 계속 있으려면 국적을 정리해야 한다기에 작년에 소련 국적을 정리했습니다. 하지만 엄마와 동생들은 아직도 소련 국적을 가지고 있습니다."

"그럼 옥심 동무는요?"

"저는 아빠를 따라 조선 국적을 선택했습니다. 본래 이름도 라리사였는데, 그때 옥심으로 바꿨습니다."

"요즘에는 여길 떠나기 위해 반대로 소련 국적을 회복하려고들 하던데, 옥심 동무는 왜 그랬나요?"

"아빠가 중앙당학교 교장에서 해임된 뒤, 우리 가족이 아직도 소련 국적을 가지고 있는 것과 제가 소련에 유학중이라는 사실에 대해 집중적으로 사상 검토를 당하고 있다는 이야기를 모스크바의 대사관을 통해 들었거든요. 엄마는 제게 보낸 소설책에 감춘 비밀 쪽지에서 절대로 평양에 돌아와서는 안 된다고 썼지만, 저는 그럴 수 없었어요. 아빠는 저의 전부나 마찬가지예요. 아빠를 구해야만 했어요. 그래서 저는 귀국을 종용하는 대사관의 권유를 받아들이고 평양으로 돌아왔습니다. 하지만 그럼에도 상황은 바뀐 게 아무것도 없었습니다."

그녀는 입을 앙다물었다.

"아빠에게 신세를 졌던 사람들은 우리를 도와주기는커녕 아예 상종도 안 해주더군요. 해방 직후에 젊은 수령과 만날 자리를 놔달라고 졸랐던 작가동맹 위원장은 타슈켄트에 갈 준비를 해야 하니 바쁘다며 손사래를 쳤구요. 하지만 저와 엄마는 포기하지 않았어요. 당사(黨舍)를 찾아가고 해방산의 간부 사택을 일일이 돌았습니다. 그렇게 해서 지난 7월 마침내 아빠에 대한 사상 검토가 끝나 청진광산금속대학 부학장으로 보낸다는 언질을 받았어요. 그

땐 정말 기뻤습니다. 아빠가 집으로 돌아오면 우리는 모두 아빠를 따라 청진으로 가려고 이사할 계획을 세워두고 있었습니다. 그때 번역실을 그만두겠다고 분과위원장 동지에게 말했었고요."

"그래서 벨라의 시를 내게 넘긴 것이군요. 아버지를 따라 청진에 가려고."

"네. 그렇지만 아빠는 한 달이 다 지나서야 완전히 딴사람이 되어 저희에게 돌아왔어요. 서글픈 표정에 쭈뼛거리는 말투의 사람이 되어서요. 하지만 평양을 떠나면 모든 게 다 좋아지리라고 생각하고 우리는 기차표를 끊고 이삿짐까지 싸놓았는데, 며칠 전 저녁에 군관 두 명이 찾아와 다시 아빠를 데려갔습니다. 집에 계실 때 아빠가 무슨 말을 했느냐면, 왜 소련 국적을 가졌는지 자백하라는 말까지 들었다고 하더군요. 아빠는 스탈린에게 일본 스파이라는 누명을 뒤집어쓰고 처형장까지 갔다가 살아 돌아온 분입니다. 1946년 가족이 기다리던 알마티의 사범대학으로 돌아가려던 아빠에게 수령의 이름을 붙인 종합대학 어문학과장을 맡아달라고 요청한 건 북조선 정부입니다. 그래놓고서는 어떻게 이럴 수가 있나요! 분해서 견딜 수가 없어요. 우리 아빠한테 그러면 안 되는 거예요. 정말 그래서는 안 됩니다."

옥심이 다시 눈물을 뚝뚝 흘리며 중얼거렸다. 그 무렵, 평양역에는 소련으로 돌아가는 소련 국적자들이 많았다. 국제 기차 앞에서 기념사진을 찍는 가족도 있었지만, 세대주가 없이 엄마와 아이들만 있는 경우도 많았다. 가는 도중에 무슨 일이라도 일어날까봐 소련대사관의 직원이 신의주까지 동행하는 일도 있었다. 누가 그들을 배웅하는지 감시하기 위해 나온 내무서원들만이 그들이 떠나는 모습을 지켜보았다. 그런 상황이니 옥심에게 기행이 무슨 말을 할 수 있겠는가. 그는 좋은 사람이 아닐뿐더러 무기력하고 비겁하고 초라한, 어떻게 하면 자백위원회의 비판을 모면하고 평양에 남을 수 있을까 궁리하는 늙은 남자일 뿐이었는데.

"그렇지만…… 믿으세요. 결국 다 잘될 것이라고."

그랬더니 옥심이 젖은 눈으로 말했다.

"꼭 아빠 같은 말씀을 하시네요."

그러면서 옥심은 어떤 기억에 대해 이야기했다. 최초의 기억. 웅웅거리는 소리에 대한 기억. 그 기억 속에서 그녀는 팔십 명이 넘는 사람들과 함께 환풍구 철창 두 개만 뚫린 기차 화물칸에 타고 목적지도 모른 채 한 달 이상을 달렸다. 먹을 것은 금방 떨어졌고, 난로도 없었다. 아침에 일어났을 때 우는 소리가 들리면 간밤에 누군가 죽었다는 것을 알 수 있었지만, 시간이 흐르자 우는 소리도 들리지 않았다. 대신 철로를 달리는 기차 소리만이 모든 것을 압도했다. 기차가 멈춰 있는 동안에도 바퀴가 굴러가는 환청이 들렸다. 매장할 곳도 마땅찮아 시체들은 싣고 가다가 발하슈 호수에 모두 던져버렸다.

스탈린에 의해 강제로 연해주에서 쫓겨난 그들은 그렇게 6000킬로미터를 달려와 중앙아시아의 한 역에 도착했다. 그들을 내려놓은 기차가 먼지바람을 일으키며 떠나간 뒤 옥심이 제일 먼저 들은 건, 전신주의 웅웅거리는 소리였다. 전신주들을 따라 철로가 놓여 있었다. 철로는 마치 세상의 한쪽 끝에서 다른 쪽 끝으로 이어진 것처럼 끝없이 펼쳐진 스텝 위에 놓여 있었다. 그들은 그 외로운 길에서 멀어지면 다시는 고향으로 돌아가지 못할까 걱정되었는지 조립식 직원 사택 대여섯 채와 창고 등이 있는 역구내에서 쫓겨난 뒤에도 철로 주변을 떠나지 못했다. 아니, 역 말고는 사방에 건물이 하나도 없으니 그럴 수밖에 없었다. 1937년 10월, 그녀가 다섯 살 때의 일이었다.

"저는 전봇대가 계속 웅웅거렸다고 기억하는데, 아빠 이야기는 그렇지 않아요. 아빠는 기차가 떠난 뒤로는 세상이 적막했다고 기억해요. 기차가 떠나고 누군가 말했대요. 우리는 세상에 버려진 것이라고. 그리고 또 말했대요. 죽으라고, 우리 죽으라고 이런 곳으로 보낸 것이라고. 그랬더니 아이들이 울기 시작했고, 그러자 엄마들도 울었고, 할머니들도, 아빠들과 할아버지들도 다 울었다고요. 지평선 쪽에서 워낭 소리가 들린 건 바로 그때였어요."

"워낭 소리?"

"네, 당나귀를 몰고 한 무리의 사람들이 나타난 거예요."

그 작은 역 주변은 낮은 언덕들이 부드럽게 융기하며 계속 이어질 뿐, 시선이 가닿는 끝까지 광활한 초원이었다고 했다. 있는 그

대로의 초원은 인간을 윽박지르지도 어르지도 않건만, 거기서 한 해를 보낸 사람들은 초원 생활이 혹독하다고도 말했고, 풍요롭다 고도 말했다. 거기서 살아가려면 초원을 있는 그대로 받아들여야 만 했다. 있는 그대로. 그것은 혹독함과 풍요로움이 같은 상태를 뜻한다는 걸 이해하는 일이었다. 그날, 연해주에서 중앙아시아까 지 쫓겨난 한인들 앞에 나타난 사람들이 바로 그런 사람들, 카자 흐 여인들이었다. 그녀들은 동쪽에서 정체불명의 낯선 민족이 화 물칸에 실려와 황야에 버려졌다는 소식을 듣고 빵을 굽기 시작했 다. 그리고 그 빵이 식을세라 모포에 감싸 당나귀에 실은 뒤, 한 번도 만난 일이 없는 그들을 찾아왔다. 한인들이 울면서 그 빵을 먹는 동안, 카자흐 여인들도 울음에 합세했다. 빵과 울음, 새로운 삶이 거기서 시작됐다. 그들은 톈산산맥의 눈 녹은 물이 모여 이 뤄진 강물을 젖줄 삼아 땅을 일궈 다시 일어섰다.

"아빠는 늘 우리 남매들에게 세상에 죽으라는 법은 없다고 말 씀하셨어요. 생명의 법칙은 그렇지가 않다고. 그러니 생명의 힘, 인간의 힘을 믿으라고. 그 힘은 살려는 힘, 살리려는 힘이라고 하 셨어요. 하지만 저는 아직도 그게 무슨 말인지 모르겠어요. 대신 에 저는 그렇다면 어디서부터 잘못된 것일까를 줄곧 생각해왔습 니다. 어디서부터 잘못됐기에 우리는 중앙아시아의 황야에 버려 지게 된 것일까? 어디서부터 잘못됐기에 소련군과 미군은 식민지 로 고통받았던 땅을 분할 점령했던 것일까? 어디서부터 잘못됐기에 우리 민족은 서로를 죽이게 됐을까? 중앙아시아에서 겨우 살아 돌아온 저는 신생 공화국에서 스무 살의 기쁨을 누릴 틈도 없이 수많은 시체들을 보아야만 했어요. 팔다리가 잘려나가고 걸레처럼 구겨진 채 핏물을 쏟아내는 몸뚱어리들을. 고여드는 피와 들끓는 구더기들을. 그런 풍경을 뒤로하고 젊은 군인들은 군가를 부르며 전선으로 죽음의 행진을 계속했지요. 집으로 돌아온 아빠에게 제가 물었어요. 어디서부터 잘못됐기에 이런 일들이 벌어지는 걸까요? 그랬더니 아빠는 힘없는 목소리로, 빵이 식을세라 모포에 감싼 채 당나귀에 신고 온 카자흐 여인들을 잊지 말라고 하셨어요. 그 모든 잘못된 역사를 바로잡을 수 있는 건 그런 인민들의 힘이라며. 그 말을 듣고 저는 아이 때로 돌아간 것처럼 엉엉 울었습니다. 그리고 외쳤습니다. 믿을 수 없어요, 아빠. 다 거짓말이에요. 라고."

옥심이 소리 높여 얘기했다.

1936년 겨울, 서울 계동의 난향

자백위원회에 소환되고 며칠이 지나자, 상허는 더이상 말하지 않았다. 말해봐야 소용없다는 생각이 들었을 것이다. 하지만 자백의 무대에서 침묵은 허용되지 않았다. 자백위원회는 동료 문인들에게 그의 묵비를 깨뜨릴 것을 명령했다. 토론자로 젊은 소설가가 나섰다. 그는 수령의 초상화를 향해 만세 삼창을 한 뒤, 이것저것 따질 것 없이 단도직입적으로 묻겠다고 했다.

"그렇다면 왜 쓰지 않는 겁니까?"

그 질문에 상허는 당황했다.

"요 몇 년 동안 나보다 더 많이 그 질문을 나 자신에게 던진 사람은 아마 없을 게요. 그것은 내가 지난 전쟁 시기에 종군했다가 허리를 다쳐 오래 책상에 붙어 있지 못한 까닭이기도 하거니와, 또 쉰 살이 넘어가니 예전만큼은 집중이 잘 되지 않아⋯⋯"

"나는 동무에게 왜 쓰지 않느냐고 물었습니다."

젊은 소설가가 그의 말을 잘랐다. 질문의 핵심을 이해하지 못한 상허가 더듬거렸다.

"이, 이, 이보오. 난 쓰지 않는 게 아니라 쓰지 못하는 것이오."

"동무는 쓰지 못하는 게 아니라 쓰지 않는 것이오. 그리고 그건 동무의 반역적 문학 활동이 어제오늘의 일이 아니라 해방 전부터의 문제라서 그런 것이오. 동무가 일제의 주구로서 구인회라는 반역적 문인 단체를 조직한 것은 엄연한 사실이지 않소? 왜 자백하지 않소!"

"그것은 이십 년도 더 전의 일이에요. 동무는 그때 어려서 잘 모르겠지만, 당시에는 일제의 탄압으로 프로문학이 퇴조기에 들어 나는 그 인연을 맺지 못했을 뿐입니다. 구인회를 조직한 건 결코 사상 문제가 아니었음을 지금까지 누차 밝혀왔어요."

"그렇다면 왜 쓰지 않는 것입니까?"

그가 다시 물었다.

"아까도 말했다시피 내가 쉰 살이 넘어가니……"

상허의 대답도 되풀이됐다.

젊은 소설가가 이십 년 전의 일을 끄집어내니 자연스레 기행도 그때 자신은 무엇을 하고 있었는지 떠올리게 됐다. 그즈음 그는 도쿄의 기치조지에서 살면서 아오야마학원 영문학과에 다니고 있었다. 그 이듬해 졸업을 앞두고 멀리 눈 쌓인 후지산이 보이는 이즈반도를 한 바퀴 여행하고 서울에 돌아와보니 구인회라는 게 만들어져 있었다. 그 구인회의 멤버 중에서 이상과 유정은 젊어서

죽고, 기림과 지용은 전쟁 뒤에 생사를 알 수 없게 됐으며, 상허와 구보는 북으로 와 이십 년 전의 일을 추궁받고 있었다.

기행의 마음이 그런 상념들로 복작거릴 때, 젊은 시인이 종이를 들고 와 읽기 시작했다.

"그럼 저는 이렇게 물어보겠습니다. 동무는 1936년 겨울, 서울 계동에 살던 시인 이병기의 집에 난이 피었다는 소식을 듣고 반동 문인인 정지용, 노천명 등과 함께 그 향을 맡겠다고 찾아간 일이 있습니까, 없습니까?"

갑자기 이병기, 정지용, 노천명 등의 이름이 흘러나오니 상허는 바짝 긴장했다.

"그런 일이 있었소? 해방 전 일은 잘 기억나지 않소."

"동무는 기억하지 못해도 동무가 쓴 글은 과거의 행적을 고스란히 기억하고 있습니다. 그럼 또 묻겠습니다. 동무는 당시 신문에서 동북인민혁명군에 대한 기사를 하나라도 읽은 적이 있습니까, 없습니까?"

"그 비슷한 기사는 읽은 적이 있소."

"혁명 군대가 일제 침략자들을 몰아내기 위해 항일 전쟁을 펼치던 시기에 반동 문인들을 모아 난향이나 맡으러 다닌 동무의 행위를 우리가 어떻게 이해해야 하겠습니까? 동무가 수령님과 동북인민혁명군에 대한 소설을 쓰지 않는 것은 오래전부터 싫어하는 감정을 품고 있었기 때문이 아닙니까?"

몇십 번이고 되풀이되던 비판에 지친 것인지 상허는 고개를 숙였다. 그리고 다시 고개를 들고 말했다.

"그렇지 않아요. 아무리 다시 생각해봐도 그렇지 않습니다."

"동무가 수령님과 동북인민혁명군에 대한 소설을 쓰지 않는 것은 오래전부터 싫어하는 감정을 품고 있었기 때문이 아닙니까?"

그녀가 재차 물었다.

"내가 말했잖소. 그간에도 당의 문예 정책에 부응하는 소설을 줄곧 써왔지만 최근 들어 창작이 부진한 것은 나이도 나이인데다가 전쟁 때 허리를 다쳐……"

상허의 거듭된 해명은 객석에 앉은 젊은 문인들의 아우성에 묻혀버렸다. 그들은 자리에서 일어서며 상허에게 자백하라고, 잘못을 시인하라고 소리를 질렀다. 기행은 아무 말도 못하고 가만히 앉아 있었다. 그러다가 옆에 앉은 한 시인과 눈이 마주쳤다. 해방 전 평양 시내의 다방에서 자주 봤던 얼굴이었다. 둘은 시선을 돌렸다가 다시 마주봤다. 옛날만큼 쓰지 못하는 것은 기행이나 그 시인이나 마찬가지였다. 둘은 다시 서로를 외면했다.

몇 달에 걸쳐 열린 자백위원회에서 그보다 더 내밀한 사생활까지도 모두 폭로당한 뒤, 상허에게도 표정이라는 게 생기기 시작했다. 이악스러운 표정, 서운한 표정, 부아 난 표정, 꼬부라진 표정. 마치 연기에 푹 빠져 본래의 자신이 누구였는지 잊어버린 배우처럼, 연단에 선 그는 수다스럽다가도 금방 침울해졌고, 아첨꾼 같다가도 싸움패처럼 보이기도 했다. 당의 의중을 눈치챈 자들은 껍데기만 남은 그를 더욱 세차게 물어뜯기 시작했고 그의 모든 작품이 비판의 도마에 오르게 됐다. 심지어 마지막 순간까지 미군을 둘이나 사살하고 죽은 인민군 전사를 다룬 애국적 소설도 전사의 시체가 미군들의 시체와 함께 발견된 장면 때문에 비판받았다. 인민군대의 고귀한 희생이나 미국 군대의 죽음이나 결국 시체인 점에서는 아무 다를 것이 없다는 사실을 상허가 보여주려고 했다고 그들은 비판했다.

우연히 길에서 만난 상허와 대화를 나누고 얼마 지나지 않아서였다. 기행은 오전 독보 시간에 병도가 평양시당 문학예술부 열성자 대회에서 상허의 문예총 부위원장 직위와 집필권을 박탈했다는 소식을 들었다. '그의 반역적 문학 활동은 그것이 해방 후에 처음 시작된 것이 아니라 해방 전부터 일제의 주구로서 조선 인민의 반일 민족해방 투쟁을 반대하여 적극적으로 나선 반역적 문학으로 일관되었으며' 운운하는 문장이 그 이유를 밝히고 있었다. 기행은 그 문장이 아니라 그 문장을 쓴 사람이 참 못났다고 생각했다. 오죽하면 이십여 년 전에 문인들의 모임을 결성했다는 이유로 한 소설가의 일생을 '반역적 문학 활동'이라고 단죄할 수 있을까.

전쟁이 터진 뒤로는 춥지 않은 겨울이 한 해도 없었다지만, 그해 겨울은 또 얼마나 추웠던지. 시베리아에서 밀려내려온 추위가 북반구 각지를 휩쓸었다. 심한 곳은 영하 삼십삼 도까지 떨어졌고, 얼어죽는 사람들이 속출했다. 또 크고 작은 화재도 겨우내 이어졌다. 그렇게 2월 말까지 평양에 이십 센티미터가 넘는 폭설이 내리더니『조선문학』3월호에는 상허가 미제국주의의 간첩으로 북파됐다고 주장하는 문학평론이 실렸다.

그렇게 봄은 왔으나 봄 같지는 않은 시절이 흘러가다가 그해 4월 조선로동당 제3차 대회가 열릴 즈음, 진정한 봄소식이 들려왔다. 소련공산당이 스탈린 '대원수'의 개인숭배와 독재정치를 비판하고 나섰다는 놀라운 소문이 퍼지기 시작한 것이다. 그 소문에는 앞으로의 정세에 대한 예측들이 주석처럼 붙어 있었는데, 제일 유력한 건 수령이 실각하고 집단지도체제가 들어설 것이라는 전망이었다. 소문에 따르면, 흐루쇼프 서기장이 소련공산당 제20차 전당대회에서 스탈린 개인숭배를 비판하는 비밀 연설을 한 건 상허가 함흥의 한 신문사로 쫓겨간 것과 비슷한 시기였다. 처음에는 반신반의하면서 소련 잡지들을 따라 읽던 기행은 그해 여름, 로동신문에 소련 지도부의 스탈린 비판을 지지하는 논평이 실리는 것을 보고 확신하게 됐다. 상허가 평양으로 돌아올 날이 그리 머지 않았음을. 평양의 거리에서 다시 만난다면, 이번에는 피하지 않고 그에게 소주를 사리라고, 그래서 송전의 그다음 이야기를 계속해 달라고 말하리라고 그는 마음먹었다. 그리 머지않아, 그러하게 되리라고.

막다른 골목 끝, 불타는 집

두 사람이 국숫집을 나왔을 때는 이미 어둠이 내린 뒤였다. 옥심의 집이 류환선 거리에 있다고 해 평양역 앞에서 버스를 타야 하는 기행은 그녀와 조금 걷기로 했다. 해방 전 그 일대는 일본군 보병 제77연대의 주둔지가 있던 자리로 평양역 앞쪽으로는 일본식 요정과 중국요릿집과 여관과 기생집이 즐비했지만, 미군의 폭격으로 그 빨간 벽돌집이며 목조 가옥들은 모두 잿더미가 되어버렸다. 그 폐허에 자로 줄을 긋듯이 평양역에서 보통문까지 일직선으로 도로를 만든 뒤 만수대 거리와 연결시켰다. 그렇게 하니 자연스럽게 만수대 거리와 스탈린 거리와 인민군 거리를 거쳐 다시 평양역으로 순환하는 도로가 만들어지기에 이를 순환선이라는 뜻의 류환선 거리라고 불렀다.

류환선 거리에는 오층 아파트들이 속속 들어서고 있었다. 평양의 재건은 소련과 동유럽 국가들의 원조와 소련의 건축 기술이 큰 기여를 했다. 재건을 지휘하는 건설상을 비롯해 설계자들 역시 소런에서 건축을 배운 사람들이었다. 그들은 콘크리트 건축 자재를 공장 생산화한 PC공법을 들여와 방과 부엌과 벽체 등을 표준 설계해 거푸집으로 미리 제작한 뒤, 기중기로 쌓아올리는 방식으로 아파트를 조립했다. 다다미 깔린 방 하나에 부엌 하나, 온돌 대신 페치카로 난방하고, 일자형 복도 끝에 공동화장실이 설치돼 불편은 있었지만 건설 속도만은 정말 빨랐다. 그즈음 신문에는 지난해 까지만 해도 한 세대를 조립하는 데 두 시간이 걸렸지만 올해에는 삼 분에 벽체 한 개를, 십사 분에 주택 한 채를 조립하는 기적을 창출했다는 기사가 실리기도 했다. 이를 두고 당에서는 '평양 속도'라고 불렀다.

기행과 옥심은 말없이 걸었다. 온통 캄캄한 가운데 멀리 평양 역의 팔각형 시계탑이 보였다. 저녁 여덟시가 지나고 있었다. 그 웅장한 건물을 건설한 사람들도 소련 출신의 건축가들이었다. 그들은 평양역을 스탈린그라드역처럼 중심에 거대한 아치형 입구가 있고, 그 위에 시계탑을 올린 고전적 건축양식의 삼층 구조물로 설계했다. 내부에는 1.7톤짜리 샹들리에를 설치했고, 해방 전 러일전쟁의 승전을 기념해 일제가 세운 '경의철도 창립 기념비'가 있던 역광장에는 그 치욕을 만회할 수 있도록 총을 든 소련 군인의 동상을 세웠다. 사회주의 수도의 관문인 평양역을 준공하는 일도 시급한 과제여서 1956년 가을이 시작될 무렵 내외부 미장을 모두 마쳤다. 그즈음, 기행은 『조선문학』 9월호에 '나의 항의, 나의 제의'라는 제목의 글을 발표했다. 이 글은 협동조합과 공장에 관한 것이라면, 내면을 깊이 추구하지 않아도, 문학적 감동이 없어도 무조건 좋은 시라고 말하는 당시의 시단에 대한 정면공격이었다.

어린 시절로부터 벌써 새나 개구리나 풀이나 꽃에서, 인형에서, 갖은 장난감에서, 비와 눈, 어머니와 동생들, 또 동물들에게서 아름다움과 사랑을 찾을 수 있도록 아동들을 교양할 때에라야만 그들은 자라서 의로운 일에 제 목숨을 희생할 수 있으며, 사람을 열렬히, 충실하게 사랑할 수 있으며, 사업에 강의한 정열을 기울일 수 있으며, 인류 사회의 커다란 아름다움을 감수할 수 있으며, 이 세상에서 볼 수 있는 모든 사악한 것들과 용감하게 싸울 수 있는 사람들로 될 수 있다는 것을 거듭 말하여야 할 것이다. 현실의 벅찬 한 면만을 구호로 외치며 흥분하여 낯을 붉히는 사람들의 시 이전의 상식을 아동시는 배격한다. 인간과 인간, 인간과 자연과의 관계에서 보는 인간 감정의 복잡성을 무시하려는 무지한 기도를 아동시는 타기한다. 시는 깊어야 하며, 특이하여야 하며, 뜨거워야 하며 진실하여야 한다.

기행이 이런 글을 작가동맹 기관지에 실을 수 있었던 것은, 세계가 바뀌고 있었기 때문이었다. 그해 6월 17일자 로동신문에는 베이징에서 열린 과학자와 작가, 예술인 회의에서 중국공산당 선전부장 루딩이가 행한 연설의 요약문이 실렸다. 그 연설에서 루딩이는 모든 작가들은 자기가 가장 좋다고 생각하는 어떠한 방법이라도 사용할 수 있으며 인민으로부터, 소련과 다른 인민민주주의의 여러 나라로부터, 심지어는 '우리의 원쑤로부터' 배워야 한다고 주장했다. 또한 폴란드, 루마니아, 몽골, 독일민주공화국, 헝가리, 체코슬로바키아 등과 집중적으로 문화 협정을 체결한 결과 서적, 음악, 연극, 영화, 전시회 등의 교류가 활발하게 전개되기도 했다. 그러다 마침내 8월 11일자 로동신문에 소련공산당의 스탈린 격하 운동을 지지하는 논평이 게재됨으로써 북한 정부도 소련이 스탈린의 철권 공포 체제에서 벗어났음을 공식적으로 확인했다.

이런 분위기에 편승해 제2차 작가대회에서는 해방 후 십여 년 동안의 경직된 도식주의에서 벗어나 문학의 감동과 개성을 되찾자는 목소리가 여기저기서 터져나왔다. 심지어 대회장에서는 작품들이 따분하고 저조하며 유형적이고 도식적이라는 독자들의 항의도 소개될 정도였다. 그때만 해도 아동문학 분과위원장이었던 엄종석도 그런 분위기에 편승해 부정적 인물 형상을 금기시해온 오류를 지적하면서 긴박성이 있는 작품을 써야 하며, 그러기 위해서는 작가의 권리와 자유를 보장해야 한다고 주장했다. 북한 문단의 변화를 촉구하는 그런 말들 중에서도 기행의 목소리는 도드라졌다. 기행의 항의와 제의는 받아들여졌다. 그는 작가대회에서 아동문학 분과위원회 위원으로 이름을 올리고 문학신문의 편집위원이 되었으며, 외국문학 분과위원회 소속으로 『조쏘문화』의 편집을 맡았다. 이제 그는 한동안 쓰지 않았던 시를 다시 쓸 수 있겠다고 생각했다. 모든 것이 순조롭던 그 시절, 그를 의아하게 만든 것은 딱 하나, 평양역사의 준공식이 계속 늦춰지고 있다는 점이었다.

평양역 앞에 이르자 옥심은 걸음을 멈추더니 가방에서 국숫집에서 본 노트를 꺼내 기행에게 건넸다.

"저의 소중한 친구에게서 받은 노트예요. 그 친구를 다시 만나게 되는 날 돌려주려고 했는데, 가지고 있다가는 내무서원들에게 빼앗기고 추궁받을 게 분명하네요. 저 대신에 보관해주셨으면 해요. 러시아어로 된 시들이니까 선생님이 가지고 계시면 누구도 이상하게 여기지는 않을 거예요."

기행은 그 노트를 받아들었다.

"그럼 제가 가지고 있다가 나중에 세상이 좀더 살 만해지면 돌려드리겠소."

"아빠의 말이 맞는다면, 곧 그렇게 되겠죠. 그 말을 믿어야죠."

그러더니 옥심은 손을 내밀었다. 기행은 그 손을 잡고 악수를 했다.

"힘내시오, 옥심 동무. 포기하지 말고. 다 잘될 거요."

"고맙습니다."

기행은 잘 가라며 옥심에게 손을 흔들었다. 옥심은 돌아서 뤈

환선 거리를 향해 걷기 시작했다. 그녀를 바라보다가 기행은 손에 든 노트를 봤다. 노트에는 '리진선'이라는 이름이 적혀 있었다. 누구일까? 문득 그는 옥심 쪽을 돌아봤다.

그때 옥심은 걷고 있지 않았다. 대신 가만히 서서 오른쪽 골목 안쪽을 바라보고 있었다. 한참을 지켜봐도 움직이지 않기에 무슨 일인가 싶어 기행이 그녀를 향해 걸어갔다.

"옥심 동무, 왜 안 가고 서 있소?"

그녀는 고개를 돌려 기행을 한 번 쳐다보더니 다시 골목 안쪽을 바라봤다. 기행이 그녀의 옆으로 가서 골목 안쪽을 바라보니 막다른 끝에 있는 집 한 채가 불타고 있었다. 골목 입구에서는 위아래 방역복을 입고 마스크를 쓴 사람들이 통행을 막고 서 있었다. 무슨 일이냐고 물었더니 어차피 철거 예정의 판잣집이었는데 전염병 환자가 나와 소각한다며 둘을 밀어냈다. 몇 걸음 뒤로 물러난 뒤에도 둘은 그 불을 한참 바라봤다.

우리가 알던 세상의 끝

그대와 나는 이제 영영 만날 수 없네요.
그대의 말〔言〕을 내게 보내주세요.
때로 깊은 밤, 별들을 통해……

_안나 아흐마토바, 「꿈속」 중에서

지옥의 탈출구, 완전한 패배

평양에 첫눈이 내렸다. 휴일이라 아침부터 인민반장이 밖으로 나와 눈을 치우라며 집집마다 돌아다녔다. 기행은 귀마개에 장갑을 낀 아이들과 함께 골목으로 나갔다. 가래와 빗자루가 바닥을 긁는 소리가 요란했다. 그렇게 아침을 보낸 뒤, 기행은 점심을 먹고 집을 나섰다. 병도의 집은 보통강이 굽어보이는 언덕 위에 있었다. 버스를 타고 강을 건너니 그해 봄에야 완공된 평양역의 팔각형 시계탑이 보였다. 어느 잡지에서 미술사가인 근원 선생이 그 시계탑을 두고 남성적인 석가탑보다 여성적인 다보탑에 가까우니 난간과 탑신을 좀더 섬세하게 다듬었어야 했다고 쓴 글을 기행은 읽은 적이 있었다. 다들 민족적인 것, 주체적인 것만 부르짖느라 평양역사가 본래 소련 출신의 건축가들에 의해 서양 고전주의 양식으로 설계됐다는 사실은 깡그리 잊어버렸거나 모른 체하고 있었다. 소련의 흔적을 지우기 위해 준공식을 이 년이나 늦춘 것이었다. 그사이에 건축상을 비롯한 소련파 토목 관료들은 모두 숙청

되고 그들이 지은 숱한 건축물들은 사대주의자들의 착오 전시물처럼 성토되고 있었다.

평양역에서 내린 기행은 보통강가의 언덕에 있는 병도의 집까지 걸어갔다. 일제시대 때만 해도 보통강 변은 게딱지 같은 오막살이와 숨막히는 토굴집들이 덕지덕지 붙어 있던 빈민굴이었다. 해마다 여름이면 강물이 범람해 수해가 잦았던 곳인데, 해방 뒤 대대적인 개수 공사를 거쳐 유원지로 바뀌었다. 지난해 여름, 벨라의 환영 만찬이 열린 식당이 바로 거기에 있었다. 한참을 걸어 그 식당 앞까지 간 기행은 걸음을 멈췄다. 눈이 쌓이긴 했으나 작년에 본 간판은 그대로 붙어 있었다. 간판에는 '평화'라는 글자 옆에 나뭇잎을 입에 문 비둘기 한 마리가 그려져 있었다. 눈(雪)빛으로 주위가 환해서인지 비둘기의 하얀색 몸과 빨간색 발, 초록색 나뭇잎이 또렷했다. 노아의 방주 이야기를 기억하고 있었기에 기행은 보자마자 그게 올리브 잎이라는 걸 알아차렸다. 그 올리브 잎은 노아의 방주가 곧 가게 될 세상, 아직 오지 않은 세상에서 저 혼자 먼저 온 것이었다. 전쟁으로 폐허가 된 도시의 한가운데에 저런 그림을 그려놓은 사람은 누구였을까? 기억 속에서 일 년 전 여름의 햇살은 무성하게 잎을 매단 버드나무 그늘을 그 간판에 절반쯤 드리우고 있었다. 그 때문에 비둘기의 하얀 몸이 빛과 그늘로 나뉘었다. 바람이 불면 빛과 그늘의 경계가 흔들렸다. 그늘은, 빛이 있어 그늘이었다. 지금 그늘 속에 있다는 건, 어딘가에 빛이 있다는 뜻이었다. 다만 그에게 그 빛이 아직 도달하지 않았을 뿐.

　기행이 벨라의 환영 만찬에 참석하라는 연락을 받은 건 1957년 6월의 일이었다. 그녀의 시를 번역한 인연으로 환영 만찬에서 기행은 병도와 그녀 사이에 앉았다. 이런저런 이야기가 오가던 중, 그녀의 고향이 스탈린그라드라는 사실이 알려졌다. 그러자 병도는 벨라에게 스탈린그라드 인민들의 영웅적인 항전에 대해서는 북한 문인들도 잘 알고 있다며, 스탈린의 영웅적 의지와 붉은 군대의 완전한 승리에 대해 갈채를 보낸다고 말했다. 그는 장내의 사람들에게 건배를 제안하며, 벨라가 영웅 도시 스탈린그라드에서 왔다는 사실과 그 전투에 대해 장황하게 소개한 뒤, 모스크바에 갔을 때 본 소련공산당원들의 품성에 대해 찬사를 늘어놓았다.

　"조선의 스탈린그라드인 함흥에 가보지 않겠습니까?"

　술을 마시고 자리에 앉은 병도가 벨라에게 물었다. 기행이 그 말을 통역했다.

　"조선에 와서 스탈린그라드라는 말을 이렇게 많이 들을 줄은 미처 몰랐네요. 우리는 이제 더이상 스탈린그라드라는 이름을 자랑스러워하지 않는걸요."

　거북한 표정을 지으며 벨라가 말했다. 벨라의 대답을 기다리지도 않고 병도는 계속 혼자 얘기했다.

　"지난 전쟁에서 미제국주의자들이 인민군대의 확고한 항전 의지를 꺾어보겠다는 허망한 계획을 들고 와서는 매일 수천 발의 폭탄을 함흥에……"

그 장황한 설명이 이어지는 동안, 기행은 함흥의 영생고보에서 영어 교사로 근무하던 시절을 떠올렸다. 초여름이면 포플러나무가 서 있는 운동장에서 학생들과 공을 차곤 했는데, 이따금 아카시아 냄새가 훅 밀려와 정신이 아득해질 때가 있었다. 그럴 때면 그 자리에 멈춰 서 공을 향해 뛰어다니는 아이들을 바라보며, 십 년 뒤, 혹은 이십 년 뒤 저 아이들은 어디서 어떤 일들을 하고 있을까 생각하곤 했다. 그때만 해도 자신은 그 아름다운 북관의 도시에서 선생으로 늙어갈 줄 알았다.

병도의 설명이 끝난 뒤 기행이 벨라에게 물었다.

"오래전에 〈스탈린그라드의 격전〉이라는 영화를 본 적이 있습니다. 스탈린상을 받았다고 들었는데, 보신 적이 있나요?"

"그럼요. 한때는 모두가 봐야만 했던 영화였죠."

"그 영화에서 하늘에 새카맣게 몰려온 독일 비행기가 폭탄을 투하해 온 도시가 화염과 포연에 휩싸이는 장면이 나오지 않나요? 함흥도 그런 식으로 미군에게 폭격당해 완전히 폐허가 됐다는 이야기를 방금 한 것입니다."

그제야 벨라는 그들이 왜 자신의 고향에 이토록 큰 관심을 보이는 것인지 이해했다. 그러나 그녀는 좀 시큰둥했다.

"스탈린그라드가 자랑할 것은 전쟁의 기억이 아니라 볼가강입니다. 그 도시는 볼가의 것이지, 스탈린의 것이 아니에요."

벨라의 말에 병도는 당황하는 눈치였다.

"그렇다면 함흥은 성천강의 도시라고 말할 수 있겠군요."

헛기침을 하더니 병도가 말했다.

"그 도시에도 강이 흐르나요? 그렇다면 그 강은 한번 보고 싶군요. 여기 평양도 마찬가지지만, 도시의 강은 바라보기만 해도 눈물이 나옵니다. 거기 늘 흐르는 강은, 어쩔 수 없이 이제는 사라진 것들을 떠올리게 하니까."

벨라의 말을 들은 병도는 "전쟁으로 폐허가 됐습니다만, 1955년부터 독일민주공화국의 도시설계 기술자들이 함흥에 머물면서 도시를 재건하고 있습니다. 그들은 함흥을 모스크바와 베를린에 버금가는 계획도시로 건설하고 있어요"라며 묻지도 않은 말을 했다. 그 말에 벨라가 별 반응을 보이지 않자 병도는 누군가를 발견하고 손을 들더니 그쪽으로 가버렸다.

"당에서는 전쟁으로 폐허가 된 걸 나쁘게만 여기지 않습니다. 전쟁 덕분에 공화국은 백지상태에서 새로 시작할 수 있게 됐으니까요."

"조선의 스탈린그라드라는 말은 그런 뜻이었군요. 하지만 스탈린그라드는 영웅 도시일 수 없어요. 비통의 도시지. 저는 세상의 어떤 도시도 스탈린그라드가 되지 않기를 바랄 뿐입니다."

"아까 〈스탈린그라드의 격전〉에 대해 얘기할 때, '한때는'이라고 말했잖아요. 그럼 요즘 소련에서는 그 영화를 보지 않나요?"

"흐루쇼프의 스탈린 비판에 대해서는 들으셨겠죠? 이젠 많이 시들해졌습니다. 오래전의 영화이기도 하고, 너무 영웅주의적으로 스탈린을 묘사한 것이 요즘 유행과는 맞지 않기도 하고요. 그럼에도 저는 그 영화를 좋아합니다. 정확하게 말하자면, 마지막 장면을 좋아해요."

벨라의 표정이 밝아졌다.

"마지막 장면이라면?"

"마지막에 나치 지휘관인 프리드리히 파울루스가 붉은 군대에 항복하는 장면이 있잖아요. 영화 전체가 악몽과도 같은데, 그 장면에서 영화는 마치 악몽에서 깨어나는 듯하죠. 그게 바로 패배의 미덕인데, 파울루스는 그걸 아는 듯한 표정이지요. 지옥의 탈출구를 발견한 사람의 표정이랄까요."

"지옥의 탈출구?"

"그러니까, 완전한 패배 말이에요."

기행은 낮은 탄식을 내뱉었다. 그 마지막 장면에서 그는 승리만을 봤기 때문이었다. 승리와 패배가 같은 걸 일컫는 다른 말이라는 생각은 미처 하지 못했다. 전쟁은 세상을 지옥으로 만들었다. 그보다 더 끔찍한 일은 없을 것이라고 기행은 생각했다. 차라리 죽어버린다면, 어떨까? 그러나 마흔이 지나자 죽는 일도 쉽지 않았다. 모든 것이 불타버렸으므로 그는 가족을 이끌고 고향인 정주로 피난을 갔다. 고향 인근에서 숨어 지내며 그는 평화에 대한 시를 번역했다. 불붙은 산하 앞에서 그가 할 수 있는 일은 고작 그것 뿐이었다. 그리고 전쟁이 끝나자 지옥보다 더 나쁜 게 있다는 것을 알게 됐다. 그것은 지옥 이후에도 계속되는 삶이었다. 그런 삶에도 탈출구가 있는 것일까?

생각에 잠긴 기행에게 벨라가 말했다.

"그리고 이제 그 상을 더이상 스탈린상이라고 부르지 않아요. 소련연방상으로 이름을 바꿨답니다. 이 세상을 살아가는 한, 아무리 혹독한 시절이라도 언젠가는 끝이 납니다. 사전에서 '세상'의 뜻풀이는 이렇게 고쳐야 해요. 영원한 것은 없는 곳이라고."

메디나충증 박멸의 교훈

정말 영원한 것은 없을까? 아무도 밟지 않은 눈 위를 걸으며 기행은 생각했다. 신발 밑에서 눈이 다져지는 소리가 들렸다. 딱히 쌓인 눈 때문만은 아니었지만, 병도의 집으로 향하는 발걸음은 무겁기만 했다. 어디서부터 잘못된 것일까? 기행은 생각했다. 어쩌면 1956년 8월 30일, 예술극장에서 열린 당 중앙위원회 전원회의에서 어떤 일이 벌어졌는지도 모르고 「나의 항의, 나의 제의」라는 글을 써서 『조선문학』에 보낼 때부터가 아니었을까? 그날, 전원회의의 안건은 두 가지였다. 하나는 6월 1일부터 7월 19일까지 사회주의 형제국가를 방문한 정부 대표단의 사업총화에 관한 것이었고, 다른 하나는 인민 보건사업을 개선, 강화할 데에 대한 보고였다.

하지만 긴급동의를 통해 토론자로 나선 상업상은 당이 중공업에만 치중해 인민 생활의 향상을 무시했다고 비판하며 경공업을 발전시켜 더 많은 의복, 식량, 주택 등이 인민에게 돌아가게 해야한다고 주장했다. 보건사업에 대한 토론장에서는 생뚱맞은 소리였지만, 이전부터 간간이 들리던 비판이었다. 그러나 이어지는 발언은 충격이었다. 그는 개인숭배 문제와 관련해 수령은 전혀 자아비판을 하려 하지 않으며, 이 점에서 당은 소련공산당 제20차 전당대회의 정신과 결정을 위반하고 있다고 발언했다. 그가 개인숭배를 거론하자마자 장내는 아수라장이 됐고, 이로써 전후 복구 건설 지원금을 받기 위해 대표단을 이끌고 두 달간의 여행에서 돌아온 수령은 집권 이후 최대의 위기에 놓이게 됐다.

이날의 소란은 엿새 뒤 두 안건에 대한 보고 및 결정을 소개하는 신문기사의 말미에 '또한 조직 문제도 취급되었다'라고 간략하게 보도됐다. 물론 신문보도 이전에 이미 사람들은 수령의 개인숭배 문제를 공식 거론한 자들이 신변의 위협을 느끼고 그날 밤 자동차 편으로 압록강을 넘어 중국으로 망명했다는 소문을 전해듣고 있었다. 그럼에도 고위관료들이 수령의 개인숭배를 공개적으로 비판했다는 사실은 놀라웠다. 게다가 그들은 중국 옌안과 소련에서 활동하다가 해방 뒤 국내에 들어온 공산주의자들이라 중국공산당과 소련공산당이라는 든든한 배경이 있었다. 그건 남한에서 올라온 박헌영, 임화, 이승엽 등을 제거할 때보다 더 세심하고 치밀하고 장기적인 접근법이 필요하다는 뜻이었다. 그런 점에서 하필이면 인민 보건사업을 개선, 강화할 데에 대한 보고를 하는 날 그 사건이 터진 것은 의미심장했다고, 방둑을 따라 걸으며 기행은 생각했다.

이튿날 전원회의를 마치며 당이 결정한 사항은 두 가지였다. 하나는 수령과 당을 비판한 자들과 이에 동조한 관료들의 출당 및 당직 박탈 조치였고, 다른 하나는 그때까지 유지해온 비상방역위원회를 해체하고 상시적인 위생방역위원회를 새로 조직한다는 것이었다. 언뜻 서로 무관해 보이는 이 두 결정 사이에는 유비 관계가 존재했다. 보건위생의 관점에서 보자면, 그날은 병균이 발현된 곳을 방역대가 찾아다니며 소독하던 소극적인 태도에서 벗어나 사람들 스스로가 주체적으로 병균을 예방할 것을 결정한 날이었다. 그렇게 해서 그날 나온 방침이 '생활환경과 노동조건의 위생적 개조' '전염성 질환과의 투쟁 및 예방' '비유행성 만성질환의 예방' 등이었다. 당은 이를 위해서는 인민대중 속에서의 위생 교양 계몽 사업이 중요하다고 판단하고 중앙위생선전관을 새로 설치했다. 이런 결정의 배경에는 우즈베크공화국에서 벌인 한 연구가 큰 역할을 했다.

1922년, 소련의 기생충학자인 스크랴빈은 부하라에서 유병률이 이십 퍼센트에 달하며 연간 일만 건 이상의 감염 사례가 보고되던 메디나충증을 박멸하기 위해 역학조사를 시행했다. 조사 결과는 다음과 같았다. 메디나충의 유충은 우물이나 연못에 있는 물벼룩을 숙주로 삼고 있다가 사람이나 개가 그 물을 마시면 소화관 벽에서 발까지 살을 뚫고 이동한다. 발에서 유충은 성체로 변태한 뒤 산란기에 수포를 만든다. 그러면 감염자는 불에 타는 듯한 통증을 느끼면서 제 발로 물을 찾아 들어가고, 물에 닿은 성충은 피부를 뚫고 나와 수천 마리의 유충을 낳고 죽는다. 이 유충들이 다시 물벼룩에게 먹히면 한살이가 완성된다.

이슬람 성지 메디나에서 기승을 부려 순례자들을 괴롭힌 이 기생충을 물리칠 구충제는 없었기 때문에 스크랴빈은 역학조사를 바탕으로 주민들의 생활환경 전체를 바꾸는 방법을 택했다. 교육을 통해 사람들의 사고방식을 바꾸는 일부터 시작해 우물과 연못의 수리공학적 개조를 통해 사람들과 물벼룩 사이의 접촉을 차단했고, 감염이 확인된 사람들은 물가에서 격리시켰다. 극단적인 처분도 피하지 않았다. 메디나충이 발견된 연못이나 우물에는 기름을 부었고, 개에 대해서는 광범위한 살처분을 실시했다. 충란에서 유충을 거쳐 성충에 이르는 모든 발육단계에 대해 가능한 모든 방법을 총동원해 이를 공격하고 박멸하는 적극적인 예방법으로 스크랴빈은 구 년 만인 1931년 감염 사례를 한 건으로 줄이는 데 성공했다. 스크랴빈의 연구는 병원균의 박멸을 위해서는 환자의 치료나 비감염자의 예방 같은 소극적인 차원을 넘어 유행을 유발하는 외부 환경 전체를 바꿔야만 한다는 교훈을 남겼다.

당은 보건사업에 '데바스타치야(Девастация)'라고 하는 이 예방법을 도입했다. 이는 사상 교육을 통해 사람들의 생활습관을 바꿔 궁극적으로 환경 전체를 개조하는 일을 뜻했다. 그렇게 해서 8월 전원회의에서 나온 첫번째 강령이 바로 인민 보건사업은 자신들의 일이라는 사실을 인민들에게 철저하게 자각시켜야 한다는 것이었다. 그러나 이 년간 '변소 및 우물 개조 주간' '손 씻기 운동' 등 다양한 보건사업을 벌인 결과는 그다지 만족스럽지 않았다. 몇몇 모범 마을을 제외하자면 전국적으로 소기의 성과를 거두지 못했다. 이에 1958년 5월 4일, 수령은 보건위생 사업은 사회주의 문화혁명의 중요한 요소라고 강조하면서 이를 국가적 과업으로 추진하겠다고 선언했다. 당은 8월 전원회의의 결과물인 위생방역위원회를 해체하고 새로 중앙위생지도위원회를 조직한 뒤 강력한 위생지도에 나섰다. 위생지도원들이 여관, 식당, 식료품 공장 등은 물론 가정에까지 파견돼 위생 상태를 점검하는가 하면, 위반 사실이 나오면 당사자를 위생검열위원회로 소환해 교양 사업을 벌였다.

그 무렵 기행은 신문에서 함경남도 단천군 쌍룡리에 사는 한 노인이 내각결정을 몰라 옛날에 하던 대로 채소밭에 인분을 거름으로 주었다가 위생 상식을 배운 며느리의 고발로 리 위생검열위원회에 소환됐다는 기사를 읽은 적이 있었다. 노인은 아마도 자기 안의 낡은 관념을 없애고 새로운 사상 의식과 생활습관을 익힐 때까지 교양 사업을 받았을 것이다. 이것을 일러 당은 개조라고 했다. 그렇기 때문에 일 년 뒤, 중앙당 집중지도라는 미명하에 전국 각 기관과 단위별로 모든 이들의 사상 검토가 시작된다는 발표가 나왔을 때 사람들은 별다른 거부감 없이 그 지시를 받아들였다. 흙을 뒤집어 번데기를 골라냈던 것처럼 주위에서 암약하는 종파주의자를 색출하면 되는 것이니까. 게다가 자기 안에 있는 보수주의와 소극성을 불살랐다는 것을 생산량으로 증명해 보이라는 명령에도 그들은 당황하지 않았다. 매주 박멸 책임량에 맞춰 잡아들인 파리와 쥐의 숫자가 자신의 위생 관념이 개조됐음을 보여준다는 것을 충분히 학습했기 때문이다. 수령은 이것이 바로 사회주의 인간형의 창조 과정이라고 했다.

흰돌 동무와 에하라 노하라 상

천리마에 올라탄 기세로 사회주의 건설을 향해 가장 선두에서 달려가는 창조적인 인간이 되라고 모든 인민들에게 수령이 명령하기 일 년 전의 여름, 기행은 벨라의 함흥 방문길에 동행했다. 방문길에는 병도와 신안남이 이끄는 공연단도 함께했다. 아침 일찍 평양을 출발한 기차는 순천, 신양, 양덕을 지나 동해안의 고원으로 빠져나와서는 금야, 정평을 거쳐 해가 저물 무렵 함주에 이르렀다. 거기서부터 너른 들판이 펼쳐지며 멀리 백운산의 구름 낀 봉우리들이 시야에 들어왔다. 함흥의 첫 기미는 바람이었다. 동해에서 불어오는 바닷바람은 따뜻해서 좋으나 흥남 일대의 공장 연기를 몰고 오고, 장진과 신흥의 높은 고원지대에서 불어오는 삭풍은 새맑으나 스산할 뿐만 아니라 흙먼지를 거리에 흩뿌렸다. 병도는 반룡산이나 성천강이 모두 굴곡이 적다며 함흥은 시보다는 산문의 도시라고 평했지만, 대보름날이면 사람들로 빼곡하게 들어차는 만세교의 달빛 환한 풍경이며 여름이면 송어와 잉어가 올라오는 해정한 백사장의 밝은 빛은 기행에게 충분히 시적이었다. 함흥이고 흥남이고 공습으로 도시의 팔십 퍼센트 이상 파괴됐다는 기사를 여러 번 읽긴 했지만, 추억이 많은 도시라 기행은 마음이 설렜다.

"이제 사회주의도 완성이 됐는데 자네 이름도 신안남에서 신남으로 바꿔야만 하는 게 아닌가?"

해가 산으로 완전히 넘어가는 동안, 병도가 옆에 앉은 안남에게 말했다. 함흥이 머지않았으므로 잠들었던 사람들도 다들 기지개를 켰다.

"그랬다가 저만 신나고 청중들은 신 안 나면 만담가로서는 빵점이올시다."

안남이 말했다.

"이 사람은 공훈배우요. 그런데 이름이 왜 '안남'인지 아시오?"

병도가 벨라에게 물었다. 그 말을 기행이 옮겼다.

"글쎄요. 인도차이나의 옛 지명에서 따온 이름인가요?"

"하하하. 그게 아니라, 이거 뭐라고 얘기해야 하나? 안남이 자네가 직접 설명해보게나."

"한 자리에 앉아서도 자리를 백 석이나 차지하고 오신 우리 흰돌 동무가 제대로 통역할 수 있을는지는 모르겠으나 본래 이름은 따로 있으되 세상에 나오고 보니, 일제가 판치는 사람 못 살 세상이 아니겠소? 그래서 태어나자마자 내가 말했소. 이런 세상인 줄 알았다면 나오지 않았을 것을. 그래서 이름을 안남으로 지었지요. 하지만 어디 제 이름이 그것 하나뿐인 줄 압니까? 일제 말기에는 조선인들도 모두 일본식 이름으로 바꿀 것을 명령했기에 저는 이름을 '강원야원(江原野原)'으로 지었습니다. 이 이름을 일본어로 하면 '에하라 노하라'가 되니, 실은 세계적인 무용가이신 우리 최승희 여사가 동경을 충격에 빠뜨린 조선무(舞)의 제목에서 따온 것으로 '에헤라 놀아라'라는 뜻이죠. 그런데 이게 통역이 되긴 되는가?"

안남이 앞좌석에 앉은 기행을 보며 물었다.

"그걸 어떻게 통역합니까? 그냥 안남 부분만 설명하겠습니다."

하지만 기행의 설명을 듣기도 전에 벨라는 웃음을 터뜨렸다.

"그냥 표정만 봐도 웃깁니다. 안경하고 얼굴하고 표정하고 다 따로 노네요."

그런 얘기를 나누는 동안 기차는 성천강을 건너갔다. 아직 철교를 짓지 못해 통나무로 얼키설키 엮어 만든 다리 위를 기차가 엉금엉금 기어갔다.

"오랜만에 고향에 왔으니 오늘은 기행 동무 좋아하는 가자미에 소주를 양껏 마셔야겠군."

병도가 말했다.

"위원장 동지는 술 쿠세가 나빠서 미스 벨라 같은 미인은 조심해야 합대."

자신을 보며 하는 말에 삘라는 눈을 껌뻑이며 기행을 쳐다봤다.

"예끼 이 사람아, 자넨 입 쿠세나 조심하게. 언젠가 한 번은 또 경을 칠 걸세."

쿠세란 '버릇'이란 뜻의 일본어라 이를 어떻게 옮겨야 하나 기행이 생각하는데 안남이 말했다.

"경을 치더래두 만담가는 속엣말 다 해야 만담을 채우지, 한 담 두 담씩 해서 언제 만담을 채우누? 경을 칠 게 아니라 미를 칠 노릇일세."

안남의 너스레에 기차에 앉아 그들의 얘기를 엿듣던 사람들까지 모두 웃고 말았다. 어스름 내린 함주 들판과 성천강은 예나 지금이나 마찬가지였는데, 다리를 지나고 나서부터는 기행의 기억과 사뭇 달랐다. 본래 강 옆 성천동은 장이 서는 동네라 장날이면 하얀 옷을 입은 남녀들로 북적대던 곳이었는데, 기행의 눈에 들어오는 것은 몇 개의 굴뚝뿐이었다. 사위가 점점 어두워지며 지붕 낮은 집들이 흐릿하게 보였다. 기와를 올린 곳은 그나마 집의 형태를 갖췄으나 비탈을 벽 삼아 판자를 덧댄 곳은 마가리라고 해야 할지, 귀신굴이라고 해야 할지 알 수 없었다. 기행이 청춘을 보낸 함흥은 어디에서도 찾아볼 수 없었다. 문방구를 운영하던 백계러시아인에게 러시아어를 배우기 위해 걸어가던 군영통 큰길도, 회(灰)담들이 이어지던 북관의 정감 넘치던 좁은 골목길도 온데간데없이 사라졌고, 대신 바둑판처럼 반듯하게 구획된 길 위로 각진 건물들이 하나둘 들어서고 있었다.

대기하던 승용차에 올라탄 기행은 도 인민위원회가 있는 널찍한 도로를 따라 이동하면서 어두운 도시를 훑어봤다.

"왜정 때 우편국이라도 남아 있으면 어디가 어딘지 알아볼 텐데…… 대화정이고 군영통이고 흔적도 없이 사라져버렸네요. 저집들 있는 곳이 본정통인 것 같은데……"

옛 모습은 하나도 찾을 길이 없는 초라한 동네를 가리키며 기행이 말했다.

"동문동, 남문동이라야 알아먹지, 옛 이름들일랑 다 잊어버렸지. 당나귀도, 나타샤도."

뒷좌석에 앉은 병도는 그렇게 말하고는 소리 내어 웃었다. 함흥 시절에 기행이 쓴 시가 생각난 모양이었다.

"함흥은 곧 직할시가 된다지. 파괴가 오히려 도시를 더 성장시킨 셈이야."

병도가 말했다.

"그럼 함흥도 이제 고층건물과 수로와 공장 굴뚝으로 다시 일어서는 벅찬 영웅 도시가 되겠군요."

별다른 떨림 없는 목소리로 기행이 말했다.

"그렇지. 그게 바로 여기 소련에서 온 시인에게 우리 당이 보여주고 싶은 것이지."

그러더니 병도는 옆에 앉은 벨라를 바라보며 말했다.

"함흥은 제 고향이라 벨라 동무에게 보여주는 소회가 남다릅니다. 함흥에 오신 소감이 어떻습니까?"

"기차를 타고 오면서 강의 하구를 따라 펼쳐진 너른 벌을 봤습니다. 늘어선 백양목의 맑은 빛에 눈이 다 씻기는 기분이에요. 포연에도 파괴되지 않는 자연의 위대한 힘을 느낍니다."

기행이 그녀의 말을 통역하자 병도가 재차 물었다.

"이 거리는 어떻습니까? 독일 기술자들과 우리 건설자들이 합심해서 빚어내는 예술품입니다."

"그런가요? 전쟁의 상흔은 이제 말끔히 사라지겠군요."

벨라의 대답은 어딘지 매시근했다. 병도가 말하는 예술품에는 음영이 없었다. 음영 없는 예술이란 하얀색으로만 칠한 그림과 같다고 기행은 생각했다. 차창 밖으로 몰취미의 기중기와 무감동한 삼사층 건물들이 스쳐갔다.

"함흥에는 조선의 시조인 태조 이성계의 잠룡 시대와 양위 후의 사적들이 허다한데, 가장 유명한 곳은 이성계가 왕이 되기 전에 살던 집으로 이성계의 고조부 이후, 즉 목조, 익조, 도조, 환조 및 후비(后妃)의 위패를 모신 본궁이올시다. 태조가 아들에게 왕위를 물려주고 여기에 내려와 사는 동안 함흥차사라는 말이 생겨났는데, 그 말인즉슨⋯⋯"

잠룡이니 후비니 하는 말들이 쏟아져나와 어떻게 통역해야 하나 생각하던 찰나, '함흥차사'라는 말에 기행의 머리가 딱 멎어버렸다. 새로 닦은 빌헬름 피크 대로의 한 식당에서 저녁을 먹은 뒤 그들은 함흥역 앞의 호텔로 갔다. 그날의 일정은 그것으로 끝이었다. 기행은 다음날 조소(朝蘇) 친선의 날 행사에서 낭독할 벨라의 시를 번역한다는 핑계로 방을 따로 얻어 일찍 들어갔다. 그때까지도 그의 머릿속에선 '함흥차사'라는 말이 떠나지 않았다. 그는 창가로 다가가 창문을 열고 호텔 맞은편의 건물을 바라봤다. 건물 벽에는 함흥으로 쫓겨난 상허가 교정원으로 일한다던 신문사 간판이 붙어 있었다. 간판을 비추는 전등에 날벌레가 극성스럽게 꼬여들었다. 간판 옆에는 그즈음 어딜 가나 붙어 있던 포스터 한 장이 어둠 속에 숨어 있었다. 마치 숲속에 숨은 여우의 눈처럼, 거기에 어떤 붉은 눈동자가 있어 기행을 바라보고 있었다.

동무는 천리마를 탔는가?

　일 년 전 함흥의 호텔에서 본 그 눈빛이 거기 평양 보통강 유원
지의 입간판에도 붙어 있었다. 그즈음 기행은 어디를 가나 그 시
선을 느끼고 있었다. 주름이 없는 매끈한 이마에 단호하게 일직
선으로 내리뻗은 콧등, 그리고 짙은 눈썹 아래 자신을 매섭게 쏘
아보는 두 개의 눈동자. 그 눈동자 앞에만 서면 기행의 몸은 유리
처럼 투명해지는 듯했다. 그 시선의 주인공은 안장도 없이 적갈
색 말 위에 앉아 오른손으로는 '사회주의 건설을 위하여'라고 적
힌 붉은 깃발을 들고, 왼손으로는 검지를 내밀어 기행을, 더 정확
하게는 기행의 몸속 어딘가를 가리키고 있었다. 그가 손가락으로
가리키는 것이 무엇인지는 그 아래에 적힌 '동무는 천리마를 탔는
가? 보수주의 소극성을 불사르라!'라는 문장으로 짐작할 수 있었
다. 말 탄 남자는 기행의 내면에 감춰진 보수주의와 소극성을 꿰
뚫어보고 있었던 것이다.
　말 탄 남자는 기행을 손가락으로 가리키며 네 안에는 사회주의

건설을 향한 발걸음을 막아서는 온갖 낡고 보수적인 것, 소극적인 것, 침체적인 것이 없느냐고 묻고 있었다. 그건 일종의 교리문답과 같았다. 여기에는 '없다'라는 대답만이 존재할 뿐이었다. 그리고 없다고 대답했다면, 스스로 그 부재를 증명해야만 했다. 부재의 존재를 어떻게 증명할 것인가? 인텔리들이나 품음직한 이 의문에 대한 답을 당은 지난 이 년에 걸친 보건위생 사업을 통해 코흘리개라도 알 수 있게 제시했다. 보건위생 사업의 개조 성과를 유해 곤충 및 동물 박멸량으로 확인했듯이 마음속 보수주의와 소극성의 존재 유무는 생산량으로 드러난다는 것. 그렇기에 공화국 창건 십 주년을 맞은 그해 9월, 오 개년 계획을 일 년 반 앞당겨 완수하기 위해 근면성실을 넘어 당이 제시한 사회주의 건설의 강령적 과업을 전투적으로 수행할 것을 종용하는 '전체 당원들에게 보내는 당 중앙위원회의 편지'를 받아든 뒤에도 문인들은 이상하다고 생각하지 않았다. 붉은색 표지 때문에 '붉은 편지'라 불리던 이 소책자에는 지식인들도 보수주의와 소극성을 탈피하고 직접 생산 현장으로 뛰어들라는 지시가 담겨 있었다.

그리고 마침내 10월 14일, '작가 예술인들 속에서 낡은 사상 잔재를 반대하는 투쟁을 힘있게 벌일 데 대하여'란 수령의 교시가 나오면서, 이 년간의 짧고도 그나마 어렴풋했던 해빙 분위기는 완전히 사라지고 말았다. 문학신문은 이 교시에 따라 이틀 뒤부터 「왜 못 쓰는가?—소설가 리춘진 방문기」「저조한 원인은?—극작가 박령보 방문기」「작가 아닌 '작가'」 등의 기사를 실어 노동자와 마찬가지로 작가들 역시 당이 제시하는 성과를 초과 달성할 것을 압박했다. 그리고 도식주의를 비판한 제2차 작가대회의 자유로운 분위기에 힘입어 지난 이 년간 발표된 작품들에 대한 단죄도 시작됐다. 그 일을 주도한 이는 제2차 작가대회에서 "시인은 시위날의 프랑카트를 높이 쳐들은 행렬의 기수가 아니라 인간 정신 내부의 가장 훌륭하고 아름다운 것들, 매 개인의 다양한 개성, 그리고 특히 이 모든 것들을 조성하는 힘을 우람차게 노래하는 가수"라고 연설한 작가동맹 위원장 병도였다.

10월 중순 우즈베크공화국의 수도 타슈켄트에서 열린 아시아–아프리카 작가회의에 참석하느라 귀국 뒤에야 수령의 교시를 접한 병도는 곧바로, 함께 여행을 다녀온 부위원장이 부르주아 사상의 진창에 빠져 있어 현실에서 소위 생명 있는 것을 찾는다는 간판 아래 은근히 문학작품에서 당 정책의 관철을 비방하고 있다고 신랄하게 쏘아붙였다. 그리고 11월 20일, 수령의 또다른 교시 '공산주의 교양에 대하여'가 나왔다. 이 교시에 따라 병도는 작가동맹 중앙위원회 제3차 전원회의 확대회의를 열고, 노동자가 되지 않고서는 부르주아 사상 잔재를 청산하고 노동계급의 사상으로 무장하기 힘들기 때문에 사상 검토 위원회를 열어 모든 작가들을 심사, 분류한 뒤 현지 파견 등 적절한 조치를 통해 개조할 것을 결의했다.

이에 따라 작가동맹은 각 분과별로 사회주의 건설을 위한 혁신 운동 결의대회를 개최했다. 아동문학분과 주최의 결의대회에서 중앙당 지도위원 엄종석은 당 중앙위원회의 지시 사항을 낭독한 뒤 소속 작가들 전원에게서 천리마 작업반에 투신하겠다는 결의를 이끌어냈다. 결의 내용은 속전속결로 이뤄져 참석자들은 그 자리에서 지원서를 작성했는데, 거기에는 희망하는 생산 현장을 적는 난이 있었다. 여느 결의대회와 마찬가지라고 생각하고 참석했다가 막상 구체적인 지역까지 명기하라는 말을 듣게 되자 다들 당황한 빛이 역력했다. 이러구러 눈치를 보는 자들 사이에서도 그간 작가동맹에서 말깨나 한 축들은 서슴없이 지원서를 작성해 엄종석에게 제출했다. 바야흐로 속도전의 시대였으므로 남들에게 뒤처지는 건 무조건 죄악이었다. 다른 작가들이 적는 걸 어깨너머로 훔쳐보고는 기행도 얼른 고향 정주를 적어 냈다.

그리고 얼마 뒤, 당에서 선별한 파견 작가 명단에 기행의 이름이 들어 있었다. 그런데 대부분의 작가들은 결의대회 때 적어 낸 것처럼 각자의 고향 혹은 연고지의 공장이나 사업장 등 원하는 곳으로 파견되는 데 반해 기행이 갈 곳은 생판 낯선 삼수의 협동조합으로 돼 있었다. 어떤 사람들이 그런 처분을 받으며, 그뒤에는 어떻게 되는지 잘 알고 있었기 때문에 그날 이후로 다들 기행을 피해 다녔다. 자백위원회에서 그간에도 몇 번이나 추궁받았던 지난날의 몇 가지 과오가 다시 들춰지긴 했으나 당이 요구하는 혹독한 자아비판과 상호 비판을 거치며 개선의 여지가 있는 것으로 인정받았다고 생각했기에 기행으로서는 그 이유를 알 수 없었다. 그냥 받아들이고 삼수로 가자는 마음이 잠시 일어나기도 했지만, 자칫 중학교와 인민학교에 다니는 아이들마저 그 고생 속으로 밀어넣을 수도 있었다. 고민 끝에 그는 엄종석을 찾아갔다.

"지도위원 동지, 이의를 제기하는 것은 아니오나 제 파견지에 착오가 있는 듯합니다. 삼수의 협동조합으로 가라는 처분인데, 이게 맞습니까?"

"당의 결정이 착오였던 적이 한 번이라도 있었다면 말해보시오."

들어오는 기행을 한 번 쳐다본 뒤, 다시 서류를 읽으며 엄종석이 말했다.

"당의 결정이 착오라는 말이 아니라 다른 사람과 파견지가 바뀐 게 아닌가 싶어 드리는 말씀이외다. 저는 희망 파견지로 고향 정주를 적어 냈더랬습니다."

그 말에 엄종석은 서류를 내려놓았다.

"다들 고향으로 간다면 백사지로는 누가 간단 말이오? 삼수에는 인민이 없고 노동이 없소? 자기 마음대로 골라서 좋을 대로 한다면 그게 어찌 사회주의사회겠소? 본능대로 살아가는 동물 세계에 불과하지. 우리는 주체적으로 살아가야 하지 않겠소?"

"다른 이들은 희망한 대로 가기도 하고, 또 아예 평양을 떠나지 않기도 하지 않습니까? 자백위원회에서 저에 대한 고발이 있었던 것은 사실입니다만, 해방 뒤 조선민주당에서 통역으로 일한 경력도 그간 말끔히 해명됐고, 전쟁 시기 미군 점령하의 정주에서 군수로 추대된 적이 있다는 악의적인 고발도 거짓으로 밝혀졌습니다. 그동안 제가 양잿물에 들어갔다가 나왔어도 수십 번은 그랬겠습니다. 그런데도 이건 사실상의 추방 명령이 아니고 무엇이겠습니까?"

"동무는 불평만 늘어놓는데, 배려를 받고 있다는 생각을 해본 적은 없으시오?"

엄종석이 말했다.

"물론 많은 배려를 받았습니다. 시를 다시 쓸 수 있게 된 것도, 번역을 하게 된 것도 모두 당의 배려 덕분입니다. 그것에는 충분히 감사하고 있습니다."

"내가 말하는 배려란 그것뿐만이 아니오. 그간 동무가 보기에 우리 당의 파괴 종파분자인 상허 도당과 접촉해서 살아남은 자가 있소, 없소? 말해보시오."

기행의 말문이 딱 막혔다.

"할말이 있으면 해보시오."

엄종석의 말에 기행은 더이상 대꾸하지 못하고 지도위원실을 빠져나왔다. 기행이 받은 처분은 집필권 박탈에 매주 현지보고를 올리는 것이었다.

그 시절의 새벽, 기행의 이웃들은 아직 푸릇푸릇한 기운이 감도는 대동강 변을 따라 하염없이 걷거나 제자리에 서 있는 그의 모습을 거의 매일 목격했다. 눈만 돌리면 보이는 그 유령과도 같은 이미지는 마치 기행이 한 명이 아니라 여러 명인 것처럼 착각하게 만들었다. 꽉 막힌 세계 속에서 오갈 데 없이 헤매는 기행의 비판받는 자아들처럼. 그렇게 서서, 혹은 버드나무 몇 그루 아래를 걸어갔다가 되돌아오며 기행은 누군가의 명백한 악의마저도 자기 운명의 일부로 여겨야만 한다는 사실을 받아들였다. 그러나 시를 쓰는 일만은 포기할 수 없었다. 할 수 있는 한, 최선을 다하고 싶었다.

그렇게 기행은 마지막 탈출구가 될 수도 있는 병도의 집 앞에 섰다.

아이고, 좀 들여보내주세요

조소 친선의 날 행사는 함흥에 도착한 그다음날 오후, 마전해 수욕장에 자리잡은 휴양각에서 열렸다. 기행 일행은 휴양각 식당에서 점심을 먹었다. 공연팀이 극장에서 공연을 준비하는 동안 시간이 조금 남아 있었다. 벨라는 해변을 걷다가 오겠다며 혼자 나갔다. 하지만 행사 시간이 가까워져서도 그녀는 돌아오지 않았다. 길을 잃을 일은 없었지만, 기행이 그녀를 찾아 나섰다. 그는 해수욕장에서 멀리 떨어진 서호진의 마을에서 그녀를 발견할 수 있었다. 그러느라 둘은 이미 공연이 시작된 뒤에야 극장으로 돌아왔다. 무대에서는 신안남과 동료가 한창 만담 공연을 하고 있었다. 신안남은 젊은 남자로, 동료는 할머니로 분장해 둘은 빠른 속도로 대화를 주고받았다.

"좀 들여보내주세요. 부러진 칼 같은 것은 안 할 테니까."

"아이고, 부러진 칼은 무언가?"

"절도요. 아니, 왜 이 집안 식구들은 모두 그렇게 물장사합니

138

까?"

"물장사는 또 무어야?"

"수상하냐 그런 말씀이올시다."

"아이고, 옳아! 수상!"

"난 또 거지가 들어온 줄 알고 붉은 부채를 하려고 그랬지요."

"아이고, 붉은 부채는 또 무어야?"

"적선 말이올시다."

"아이고, 적선. 그래."

"저 손주따님에게로 장가를 간다면 제 팔자는 아주 처진 팔자
이올시다그려."

"팔자가 처지다니?"

"팔자가 늘어졌단 말씀이지요."

"아, 그야 이 사람아, 비 맞은 팔자지."

"옳아, 처졌대서요? 그런데 저, 제 국수 눈깔을 보아서라도 손
주따님을 제게 주시겠습니까?"

"국수 눈깔은 또 무언가?"

"면목이란 말씀입니다."

"아이고, 면목! 아니 여보게! 대관절 자네는 웬 곁말을 그렇게
잘 쓰나?"

"아니 그래 어떻습니까?"

"아주 훌륭해!"

"그럼 아주 청국 부채가 되었단 말씀이지요?"

"청국 부채는 또 무어야?"

"당선이란 말이올시다."

"아이고, 갈수록 향내가 나네그려. 아이고, 여보게, 손주사위, 뭘 좀 먹을 테야?"

"금니빨은 어떨깝쇼?"

"금니빨은 또 뭐야?"

"김치 말입니다, 김치."

"아이고, 김치! 김치야 많기도 많은데 어떤 김치를 먹을 테야?"

"조선 김치가 모두 마흔 가지인데, 그렇게 짚으면 다 읊지 못하니 우선 지로 운을 떼보세요."

"옳거니, 그럼 지!"

"지로 말할 것 같으면 짠지, 의지, 젓국지, 섞박지, 나박지, 무짠지, 배추짠지요, 이로 말할 것 같으면 동치미, 깍두기, 외깍두기, 숙깍두기, 닭깍두기, 굴깍두기, 배추통깍두기요, 치로 말할 것 같으면 통김치, 쌈김치, 풋김치, 장김치, 갓김치, 파김치, 박김치, 외김치, 채김치, 굴김치, 닭김치, 나박김치, 열무김치, 짠무김치, 달래김치, 지레김치, 점북김치, 겨자김치, 외소김치, 생선김치, 미나리김치, 돌나물김치, 곤쟁이젓김치인데……"

"아무래도 치 자로 끝나는 게 가장 많겠구먼."

"그렇지요. 하지만 치 자에도 좋은 치가 있고, 나쁜 치가 있단 말씀이에요."

"그럼 좋은 치는 어떤 것이고, 나쁜 치는 어떤 것인가?"

"풋나물은 무치고, 짓는 밥은 재치고, 바느질은 감치고, 빨래할 건 디치고, 돼지 치고 닭치고 외양간엔 소 치고, 싸리 꺾어 울 치고, 때 묻은 건 씨치고, 떨어진 건 붙이고, 잘못한 건 고치는 치는, 치 중에도 좋은 치지만……"

"옳거니!"

"건달꾼 놈의 치는 눈치만 보는 치요, 욕심꾼 놈의 치는 염치가 없는 치라, 이런 놈의 치는 경을 치고 나서야 정신을 차릴 치니 치 중에는 더러운 잡치란 말이에요. 또 리승만이 놈에게도 치가 있으니, 나라 파는 정치라 미국 놈은 날치고, 파쇼 독재 통치라 승만이는 판치고, 밑의 놈은 훔치고 윗놈들은 등치고, 순경 놈은 뺨 치고 테로 놈은 족치고, 불안스런 눈치라 비상경계 펼치고 먹는 데만 날치라 전깃불은 꺼치고, 두르느니 뭉치라 귀신처럼 답치고, 도적 놈은 놓치고 앰한 사람 갇히고……"

그렇게 둘의 만담은 자연스레 이승만 정권에 대한 풍자로 넘어갔다. 노래하듯이 빠른 속도로 정확한 단어들을 재깔이는 신안남의 만담 실력에 다들 박장대소했다. 만담가들이 무대에서 내려온 뒤에는 벨라가 자신의 시 「젓나무」를 낭독하는 자리가 마련됐다. 피아노 반주에 맞춰 벨라가 먼저 낭독한 다음, 기행이 이를 조선어로 옮겼다.

늙은 젓나무야, 내 다시 네 언덕으로 오다.
나지막한 네 동무들 속에 너는 서
네 꼭대기 어느덧 희었구나,
글쎄 어디고 무엇 하나 옛것 있으랴.

여름 한철 그런 날씨 없을 듯
그처럼도 맑은 아침 내 그대를 찾음이여
나를 맞는 그대 예대로 준엄하고 총명하고녀
그대 갖은 것 깨닫고 또 정녕 나를 사랑하나니

바로 지난해 같아, 그대의 뿌리들에
불그레한 버섯 무더기로 붙었음이.
지난 한 해 내 무엇 아니 겪었으랴,
슬픔도, 기쁨도 또 사랑인들.

설레이는 가슴에선 많은 싯줄 흘러나왔고
밝혀지지 않은 것 많이 꿰뚫러 알았더라.
한때는 오래 갈 듯, 곧 끝나는 것이며
그리고 없었던 것 새로 시작된 것이며.

그러나 남은 것은 그대네 강 넘어 땅을 사랑하는 마음

부드럽고 따사한 털신 신은 그대를 사랑하는 마음,

이는 고향. 이것만이 영원한 것이리라

이것만이 시에서 떠나지 아니하리라.

그렇게 조소 친선의 날 행사가 끝나고 일행은 만찬을 위해 이동했다. 만찬은 흥남항과 동해가 한눈에 들어오는 서호곶 언덕 위에 자리잡은 초대소 식당에서 열렸다. 계단을 밟고 걸어올라가는데 해풍이 심해 모자를 손으로 눌러야만 했다. 비를 부르는 바람이라고 흥남 사람이 말했다. 바다가 흐려지며 해소가 일었다.

만찬에 참석한 사람들을 한 명씩 호명할 때마다 다들 한마디씩 인사말을 내놓는 바람에 소개 순서가 하염없이 길어졌다. 제일 먼저 함경도 작가동맹 위원장이 말할 때만 해도 기행은 성실하게 통역했지만 시간이 흐를수록 대동소이한, 즉 조소 우의를 다지고 문화교류를 증진하며, 전 세계 인민들의 단결과 평화를 향한 투쟁에 나서자는 내용들이 반복돼 군이 통역할 필요성을 찾지 못했다. 그러다가 그 사람, 신흥에서 왔다는 노시인이 입을 열었다. 함경도 사투리가 심한데다가 입안에서 말을 굴리는 사람이라 말소리를 좀체 알아듣기가 힘들었는데, 어떻게 된 것이 소련은 수령이 이끄는 조선의 주체적 혁명 과업에 간섭하지 말라는 마지막 외침만은 기행의 귀에 쏙 들어왔다. 소련에서 온 손님 앞에서는 할말이 아닌 것 같아 다들 웅성거렸고, 분위기를 눈치챈 벨라가 기행을 쳐다보며 통역하기를 원했다.

하지만 기행이 뭐라고 말하기도 전에 옆에 앉아 있던 병도가 손을 들어 발언권을 얻었다. 병도는 흐루쇼프 동지가 제20차 소련공산당 전당대회에서 스탈린 개인숭배를 비판했던 일을 상기시키며 사회주의에 있어서 주체성과 개인숭배는 별개의 것이라고 말했다. 그의 말에 장내는 더욱 소란스러워졌다. 조선작가동맹 위원장이 공개적으로 개인숭배를 비판하니 주최측은 당황하지 않을 수 없었다. 사회자는 내빈 소개를 그쯤에서 그치고 벨라의 인사말을 들어보자며 화제를 돌렸다. 그녀가 먼저 앞으로 나가고 기행이 그 뒤를 따랐다. 그녀는 우선 자신을 이토록 환영해준 함경도 작가동맹에 감사의 말을 전한 뒤, 전쟁으로 폐허가 됐던 함흥을 아름답고 웅장하게 재건한 노동자들을 칭송했다. 뒤이어 그녀는 그 영웅적인 모습이 전쟁의 상처 위에 서 있다는 사실을 잊지 않는 것이 바로 평화로 가는 첫걸음이라고 지적하고, 건물의 어느 한 귀퉁이를 묘사하더라도 인민들의 상처와 영광을 충실하게 형상화하는 게 바로 작가의 사명일 것이라고 덧붙였다.

그렇게 인사말이 끝나고 본격적인 만찬이 시작되자 장내는 조금씩 활기를 되찾기 시작했다. 벨라와 기행이 앉은 원탁부터 삼색나물, 도토리범벅, 더덕구이, 통낙지순대찜 등등의 요리가 올라왔다. 그러나 벨라는 술만 조금 받아 마실 뿐, 음식에는 그다지 손을 대지 않고 있다가 몸이 피곤하니 그날 일정을 일찍 끝내고 싶다고 기행에게 말했다. 그 말을 전해들은 병도가 주식(主食)이 나올 때까지만 자리를 지켜달라고 간곡히 부탁했지만, 그녀는 고집을 꺾지 않았다. 기행이 벨라를 식당에서 조금 떨어진 초대소 건물까지 안내하기로 했다. 그렇게 나가 보니 해가 저물 무렵부터 바람을 타고 떨어지기 시작한 비는 장대비로 바뀌어 있었다. 먼 거리는 아니었지만 우산이 필요할 것 같아 돌아서려는데 벨라가 빗줄기 속으로 뛰어들었다. 우산을 가져올 테니 잠깐만 기다리라고 기행이 외쳤지만 들리지 않는 것인지 못 들은 척하는 것인지 소용이 없었다. 이번에는 또 벨라가 어디로 사라질까 싶어 기행도 그녀를 따라 빗줄기 속으로 뛰어들었다.

꼽추 잠자듯이, 눈 꼭 감고

　서양식으로 지은 병도의 집은 멀리서도 눈에 뜨일 만큼 크고도 호화로웠다. 입구에는 경비원이 둘이나 지키고 서 있었다. 현관문을 열어준 식모에게 병도를 만나러 왔다고 말하니 지금은 그가 낮잠중이라고 했다. 그녀를 따라 일층 응접실로 들어가자 식객처럼 늘 병도의 집에 들어앉은 사람들이 보였다. 대부분 소리꾼과 배우와 만담가 등 예능인들이었다.
　"어이, 흰돌 동무! 어인 일이신가?"
　응접실 의자에 앉아 바둑을 두던 신안남이 그에게 알은체를 했다. 비상한 기억력을 지닌 안남은 동서고금의 시를 천 편 이상 욀 수 있다고 자랑하곤 했는데, 그 때문인지 기행에게는 늘 다정했다.
　"잘 지냈습니까?"
　"꼽추 잠자듯이 지냈지."
　신안남의 뚱딴지같은 말에 기행은 당황하기 일쑤였는데, 그날도 예외는 아니었다. 대신 함께 바둑을 두고 있던 그의 동료가 그 말을 받았다.

"꼽추가 바로 누우면 등 배기고 모로 누우면 팔 저릴 텐데, 그럼 힘들게 지냈다는 뜻인 게요?"

"에이, 꼽추가 어디 그러고 잔다던가?"

"그럼 서서 자요? 어떻게 자요?"

"눈을 감고 자지. 꼽추 잠자듯이, 눈 꼭 감고, 뭐 그렇게 지냈지. 우리 흰돌 동무도 눈 꼭 감고 살면 좋을 텐데……"

그러더니 안남은 바둑판을 바라보며 "죽을 판을 찾아갔나, 살 판을 피해 왔나. 살기도 어렵거늘 죽기조차 어려워라. 어렵고 어려운 중에 바둑 알기 어려워"라고, 시조를 읊듯이 중얼거렸다. 해방 전에도 그는 종종 잡지에 시조를 발표하곤 했었다. 대개는 사람들의 가난과 고통을 만담처럼 말하는 것들이었지만 기행은 천연덕스러운 그 성격이 드러나는 쪽을 더 좋아했다. 예컨대 '구두 불쌍해서 모자와 바꿔 신소./벌써 내 머리는 구두를 썼을 테니/이것을 웃으신다면 웃는 당신 내 웃지'나 '석양이 붉은 뜻을 오늘이야 알았노라./미친놈 다 돼가는 나를 볼 면목 없어/저 응당 미안한지라 얼굴 붉어짐이지' 같은 시조들.

한참 있다가 젊은 비서가 기행을 찾아왔다. 그는 그녀를 따라 병도의 방이 있는 이층으로 올라갔다. 내부를 한식으로 꾸민 널찍한 방으로 들어가보니 솜마고자를 입은 병도가 다다미 위에 앉아 전축으로 〈춘향가〉를 틀어놓고는 문을 활짝 열어놓은 채 설경을 내다보고 있었다. 기행이 들어오는 것을 본 그는 다탁에 앉으라고 눈짓한 뒤 차를 따랐다. 레코드가 모두 돌아가기를 기다리는 수밖에 없다고 생각하고 기행은 뜨거운 차를 입에 머금었다. 찬 기운이 밀려드는데도 병도는 창을 닫지 않았다. 이윽고 회색 하늘에서 다시 눈송이들이 떨어지기 시작했다. 눈 치우는 소리가 멀어지는가 싶더니 눈이 쏟아지며 무채색의 고요한 풍경이 눈앞에 펼쳐졌다. 묵음과 무채색, 그것은 그즈음 기행의 내면 풍경과 같았다. 거기에는 어떤 의미도 찾을 길이 없는 비애뿐이었다.

"이번에 내가 타슈켄트에 다녀오지 않았는가. 부위원장이라고 윤두헌이를 데려갔는데, 공연히 데려갔지 뭐야. 차라리 자네가 갈걸 그랬어. 그랬더라면 통역 때문에 고생할 필요도 없었을 텐데 말이야. 나짐 히크메트도 와 있던데, 자네는 그이의 시도 번역했으니까 서로 말이 통했겠지."

전축 소리를 줄이며 병도가 말했다. 기행은 가당치도 않은 이야기라고 생각했다. 그건 윤두헌의 마지막 해외여행이 되었다. 귀국한 그를 기다린 것은 낡은 자본주의 잔재에 물든 부르주아 작가라는 비판이었다. 모두들 그렇게 사라졌다. 임화도, 이원조도, 김남천도, 한효도. 그들이 불과 이십여 년 전까지만 해도 병도와 함께 카프의 맹원이었다는 사실이 믿어지지 않았다. 기행이 거기에 있었다면, 기행도 얼마든지 같은 신세가 될 수 있었다.

"제가 어디 낄 자리인가요? 회의는 잘 됐습니까?"

애써 감정을 감추며 기행이 말했다.

"시모노프 위원장이 직접 나와 준비를 철저하게 하더군. 공항과 호텔까지 새로 만들었으니까 말 다 했지. 아카시아와 포플러 가로수마다 형형색색의 등을 내걸고 이백 명이 넘는 전 세계 작가들을 환영하더란 말이지. 그런데 이게 완전히 인종 전시장이었어. 36개국에서 왔다던가. 다들 회의장에 모이니 볼만했지."

"타슈켄트는 어떻습니까? 거기서도 설산이 보이나요?"

옥심에게 들은 중앙아시아 이야기를 떠올리며 기행이 물었다.

"거기 설산이 있는 걸 자네가 어떻게 알아? 비행기 타고 가면서 눈 덮인 톈산산맥을 질리도록 봤지. 공항에 내려 타슈켄트 호텔에 갔더니, 니콜라이 티호노프가 있더란 말이야. 오랜만에 만났으니 대화를 나눠야 하는데, 통역이 없는 거야. 이런 낭패가 있나? 그렇게 한참 찾다보니 대사관 직원이 있더라구. 티호노프가 준비위원회 사무실까지 간다기에 통역으로 그 직원을 대동하고 걸으면서 얘기를 하기로 했지. 이런저런 근황을 주고받으며 걷다보니까 사과나무 과수원이 나오는데, 티호노프가 이런 말을 해. 몇 해 전에 정원에 사과나무 묘목을 심었는데 여태 열매가 열리지 않더라는 거지. 그래서 티호노프가 사과나무들을 향해 팔을 휘두르면서 일장연설을 했다는구만. 내가 열매가 속히 달리도록 너희들에게 과업을 주었으니 그걸 지키지 않을 시에는 가만두지 않겠다 운운하면서 말이야."

"그러면 사과나무들이 알아먹는단 말입니까?"

"자네들 시인들이 하는 짓이 꼭 그런 것이지 않아? 그런데 티호노프의 다음 말이 재미있었다네. 사과나무들이 아무런 대꾸도 없는 걸 보니 자기 말을 잘 접수했다고 그 사람은 생각했다네. 그러고는 득의양양해서 가만히 사과나무들을 바라보는데, 어쩐 일인지 점차로 눈에 들어오는 것은 사과나무가 아니라 자기 자신이었다는 거야. 그제야 열매를 맺지 못한 책임은 사과나무에 있는 게 아니라 자기 자신에게 있다는 걸, 그래서 지금까지 한 비판은 모두 자신의 자아에게 한 것이라는 걸 알게 됐다는 거지. 생각해보게나. 티호노프가 자기 자아를 앞에 세워두고 바라보는 모습을."

기행은 그 모습을 상상했다. 환갑을 넘긴 시인이 자신의 또다른 자아를 앞에 세워두고 비판하는 광경을.

"그래서 어떻게 됐습니까?"

"어떻게 됐을 것 같은가?"

병도가 되물었다. 기행은 그 반문의 의미를 이해했다.

"사과나무가 열매를 맺었군요."

"그렇지. 하지만 왜 그렇게 됐는지 알아먹겠는가?"

기행은 뭐라 말할 수 없었다. 어떤 대답을 해도 병도는 틀렸다고 할 것 같았다.

"사과나무에 사과가 안 열린다면, 사과가 열매를 맺었다고 쓰면 되는 거야. 알겠어? 그게 바로 창조의 원리거든. 그걸 잘 알아야 해. 우리 문학가들은 창조자들이야. 당이 원하는 인간이 있다면, 우리는 그걸 만들어내는 거야. 그게 우리가 하는 문학이야. 알겠어? 자네는 시로 그 힘을 보여야 해."

"저 자신의 운명조차 알 수 없는데, 제게 그런 힘이 남아 있을지……"

기행이 말끝을 흐렸다.

"내가 자네한테 항상 말했지. 감상적 허약함에서 벗어나라고. 시대는 이제 새로운 인간형을 원하고 있어. 그런 인간형을 창조하는 사람이 바로 우리 작가들이야! 우리는 위대한 창조자들이야. 나는 전형을 만들어간다네. 해방 직후에 평양으로 입성한 젊은 수령을 만났을 때, 나는 비로소 창조자가 될 수 있었지. 내가 이 모든 걸 만든 거야. 나의 펜으로. 글은 그토록 신성한 것이야. 썩은 사상이 한 줄이라도 들어간 글은 인민들을 오염시키고 이 세계를 망가뜨리지. 이건 내가 만든 세계란 말이야. 누구도 그걸 망가뜨릴 수는 없어. 그러니 나를 원망하면 안 돼. 임화든, 이원조든, 김남천이든. 그게 누구라도 나는 희생시킬 수 있어. 하물며 상허쯤이야 말해 무엇 하겠어? 그렇게 해서라도 나는 내가 만든 이 공화국을 지켜낼 거야. 나는 자네가 벨라에게 시를 보냈다는 것도 다알고 있어. 상허가 그리하라고 시키던가? 아니면 파스테르나크의흉내를 낸 것인가? 부질없는 짓이야. 이 공화국은 영원하고, 나의문학도 마찬가지야. 자네에겐 개조의 시간이 필요해."

마침내, 병도의 말이 끝났다. 그에게 기댈 것이 하나도 없다는 사실이 분명해졌다. 꼽추가 어떻게 잔다고 했던가? 기행은 눈을 감았다. 그리고 다시 눈을 떴다.

"올해가 가기 전에 삼수로 내려가야만 할 것 같아 인사차 들렀습니다. 내려가서 노동을 통해 저도 위원장 동지처럼 붉은 작가, 새 시대의 창조자로 다시 태어나겠습니다."

그렇게 굽때고 기행은 자리에서 일어났다. 그때 병도가 말했다.

"아직, 내 이야기는 다 끝나지 않았어. 앉아봐. 자네 얼마 전에 『노비 미르』에 실렸던 논설 하나를 번역한 적이 있었지? 노벨문학상을 거부한 변절자 파스테르나크를 신랄하게 비판하는 그 글 말이야. 어째서 내가 그 번역을 자네에게 맡겼는지 이해하겠나?"

10월 말 기행은 '국제 반동의 도전적인 출격'이라는 제목의 논설을 번역했었다. 파스테르나크를 '미친 개인주의자' '반소비에트 선전의 그 녹슨 낚시에 달린 미끼'라며 격렬히 비난하는 글이었다. 그게 병도의 지시라는 것도 기행은 모르고 있었다.

"글쎄, 갑자기 번역 의뢰가 들어와 저도 이상하다고 생각하던 차였는데……"

그때 퍼뜩 어떤 생각이 기행의 뇌리를 스쳤다.

"아, 옥심 동무. 그 동무 때문이었나요?"

"그래, 강옥심이. 자네의 자백위원회가 열릴 즈음에 두 사람에 대한 투서가 몇 번이나 들어왔었어. 사람들 말밥에 오른 걸 자네

만 모르고 있더군. 그래서 내가 자네에게 뜽겨주려고 했는데, 그
런데……"

병도가 말했다.

그중에 제일은 사랑이라

계속되는 병도의 이야기는 다음과 같았다. 준비위원회 사무실 앞에서 티호노프와 헤어지고 나서 다시 호텔로 돌아가는 길에 통역 구하기가 이렇게 힘들어서 어떻게 하느냐며 대사관 직원을 꾸짖었다고 했다. 그러자 그 직원이 억울하다는 표정을 지으며 연전에 주소련 대사가 정부의 소환 명령을 거부하고 망명한 일을 모르느냐고 병도에게 되물었다고 했다.

"연안파 리대사 얘기 아니니? 우리도 전해들었지. 그런 종파주의자가 사라졌다면 대사관이 일을 더 잘해야만 하는 거 아니야?"

병도가 말했다. 그러자 그 직원이 목소리를 낮추며 얘기했다.

"그 리대사가 말입니다. 우리 유학생들을 장악하고 있었단 말입니다. 그래서 이건 비밀인데······"

스탈린 개인숭배를 비판하는 흐루쇼프의 비밀 연설에 대한 첩보를 접한 리대사는 북한도 이 문제를 연구해야 한다는 보고서를 본국에 보내고 평양으로 들어가 수령에게 직접 소련 내의 움직임에 대해 설명했다. 수령은 개인숭배의 시대가 끝났다는 리대사의 의견에 동의했다. 물론 그가 동의한 개인숭배의 대상은 삼 년째 수감중인 박헌영이었다. 시대의 변화를 순순히 받아들일 수도 없고 그렇다고 거스르기도 힘들어 나온 고육지책이었다. 그리고 그해 8월 전원회의에서 반대파들이 수령의 개인숭배를 비판하고 나섰다가 반나절 만에 중국으로 도피하는 일이 벌어졌다. 이 일을 계기로 당이 연루자들을 출당시키자, 이들과 연계가 있던 리대사는 중소 양국으로 하여금 북한 정부에 압력을 가하도록 해 한 달 뒤 출당 조치를 철회하게 만들었다.

바로 그 시점에 헝가리의 수도 부다페스트에서 분노한 시민들이 스탈린 동상의 머리를 깨버렸다는 뉴스가 전해졌다. 시위는 유혈사태로 이어져 시민군과 소련군은 총격전을 벌였고, 나흘째 되던 날 시민군이 의사당을 점령하면서 헝가리혁명이 시작됐다. 너지 임레가 이끄는 혁명정부는 정치범 석방, 비밀경찰 폐지, 소련군 철군 등의 개혁안을 발표하고 바르샤바조약기구와 코메콘 탈퇴를 선언했다. 이 사건은 소련과 북한 모두에 영향을 미쳤다. 다른 위성국가들에도 자유화 바람이 불 것을 우려한 소련은 무력으로 혁명정부를 무너뜨렸다. 북한에서는 이런 일련의 국제적인 움직임을 스탈린 격하 운동에서 비롯된 수정주의로 규정하고, 주체를 내세우며 유일 지도 체제를 더욱 강화했다. 이로써 기행이 다시 시를 쓰기 시작한 1956년 평양에 불었던 짧은 해빙의 물결은 거센 역풍을 맞기 시작했다.

이듬해, 반종파투쟁의 와중에 평양수비대 사령관의 쿠데타 음모가 발각됐다는 소문이 돌았고, 그 무렵 중앙당이 리대사에게 소환 명령을 내렸다. 돌아가면 숙청될 게 분명한 상황이었으므로 그는 귀국을 포기하고 소련으로 망명했다. 이 소식은 평소 그와 가깝게 지내던 모스크바의 유학생들을 충격에 빠뜨렸다. 10월혁명 사십 주년이던 그해 모스크바는 일 년 내내 축제 분위기였기 때문에 고국에서 들려오는 소련파들의 철직, 출당, 체포 등의 소식은 더욱 우울했다. 7월 28일에는 제6회 세계청년학생축전이 개최돼 130개국에서 삼만 사천 명의 사람들이 몰려들었고, 자연스럽게 청바지, 재즈 음악, 영화 〈타잔〉 같은 서구의 자유로운 문화가 모스크바의 젊은이들에게 스며들었다. 음악 경연에서 1위를 차지한 〈모스크바의 밤〉의 온화하고 부드러운 선율처럼 모스크바는 더이상 고립된 공포정치의 수도가 아니었다. 소련의 자신감은 그해 10월 인류 역사상 처음으로 우주에 인공위성을 쏘아올리며 절정에 이르렀다.

이런 변화의 분위기를 한껏 맛본 유학생들에게는 축전에서 이인무 〈날으는 선녀〉를 공연해 호평을 받은 최승희와 안성희 모녀의 활약만이 위안이 됐을 뿐, 북한사회는 유일 지도 체제를 강화하면서 스탈린주의라는 끔찍한 과거로 회귀하는 것처럼 보였다. 북한대사관에서는 그들의 동요를 막기 위해 11월 하순, 모스크바 종합대학 강당에서 유학생대회를 열었다. 중앙당 선전선동부장까지 앉아 있던 이 자리에서 몇몇 유학생들은 스탈린의 개인숭배가 인민들의 삶에 어떤 악영향을 미쳤는지를 지적하며 다른 사회주의 형제국가와 마찬가지로 북한 역시 개인숭배에서 벗어나야만 한다고 발언했다. 이로써 유학생대회는 난장판이 됐고, 대사관에서는 발언한 유학생들의 체포에 나섰다. 북한에 가족들이 남아 있는 상황에서 유학생들이 망명하는 것은 쉬운 일이 아니었다. 하지만 설득에 못 이겨 제 발로 대사관에 들어갔다가 감금된 한 유학생이 화장실 창문으로 탈출하면서 망명 러시가 이뤄졌다.

"그 일루다가 모스크바에 있던 유학생들을 모두 소환하는 바람에 통역할 학생을 구하기가 어려워졌단 말입니다."

대사관 직원이 말했다.

"유학생들 중에는 소련파의 자녀들이 많으니까 종파사상에 물든 게 당연하겠지. 개인숭배를 비판했으면은 일찌감치 도망갈 일이지 그 학생은 왜 제 발로 대사관으로 들어간 거야?"

병도가 말했다.

"라리사라고 애인이 있었는데 말입니다. 망명하자면 그 애인을 데리고 가야겠는데, 대사관이 그걸 알고 미리 그 여학생을 붙들어놓았단 말입니다. 사랑하는 걸 꽉 잡고 있는데 제 놈이 별수 있겠습니까?"

"그래, 그렇지. 믿음과 소망과 사랑 중에, 그중에 제일은 사랑이지. 버티는 놈들 명줄 휘어잡는 데는 사랑만한 게 없지. 그런데

라리사는 소련 여자야?"

"아닙니다. 소련 공민증이 있는 조선 여자입니다. 아버지가 소련파라서. 거, 왜 있잖습니까? 중앙당학교 교장 하던 사람. 그 여학생은 아버지 살려보겠다고 귀국했더랬는데, 여기서 들으니 아버지는 잘려나갔다고?"

손가락으로 목을 치는 동작을 하며 직원이 말했다. 병도가 그 아버지에 대해 한번 더 물었다. 이름까지 듣고서야 그는 고개를 끄덕였다.

"그럼 옥심이가 맞구나. 강옥심이. 옥심이, 자살했어. 죽은 제 아비가 숨겨둔 권총으로. 며칠 안 됐어."

병도의 말에 직원은 잠시 말을 잊었다.

"그런 일이 있었습니까? 그때 너는 왜 같이 안 도망갔느냐고 물었더니 그애가 저는 아빠 계신 곳으로 가겠습니다, 라고 맹랑하게 말하길래 당찬 아이인 줄은 알았지만. 하긴 그래놓고서는 출국할 때까지 대사관 이층 방에 가보면 울고 있고, 가보면 울고 있고 그랬습니다. 그 약혼자 놈이 도망간 뒤 기숙사 방을 수색하니 책이며 노트가 꽤 많이 나왔단 말입니다. 일기장도 있고 시를 적은 노트도 있고. 그 노트를 달라는 걸 줄 수 없었단 말입니다. 그런데……"

"그래서 그 약혼자하고는 다시 못 만나고 조선에 들어간 거야?"

병도가 직원의 장황한 말을 잘랐다.

158

"그렇지요. 그놈은 소련으로 망명한 뒤에 숨어버렸으니까."

"그 아비가 소련 민정청 문화과에 있어 전쟁 전에는 곧잘 어울렸는데, 내가 집에 가면 그애가 참 좋아했었지. 소설가 선생님 오셨다고. 꼭 소설가하고 시인한테만 선생님 소리를 붙이던 애였는데……"

"아니, 그 아이는 왜 소설가하고 시인한테만 선생님이라고 했답니까? 저한테는 꼬박꼬박 동무라고 대꾸하더니만."

"그것도 몰라?"

"모르겠습니다."

"모르면 됐어. 알아서 좋을 거 없어."

그러면서 병도는 중얼거렸다고 했다. 어려서부터 소설가 되겠다고 노래를 부르더니만, 그렇게 죽을 팔자여서 그랬나부지, 라고.

가무락조개, 나좃손, 귀신불, 이랑 같은 것들

기행이 병도의 집을 나왔을 때, 강 건너 벌판은 붉게 물들고 있었다. 이제 모든 것은 끝나버린 것이라고 생각하며 얼어붙은 길을 걸어가는데, 일 년 전 비가 쏟아지던 서호진의 밤과, 또 그때의 마음이 기행에게 떠올랐다. 그때 기행과 벨라는 잠시 빗소리 안에 있었다. 그 소리에는 멀고 가까운 느낌이 없었다. 모든 것은 멀리, 그 소리 바깥에 있었다. 그 바깥에는 파도 소리도 있었고 바람소리도 있었지만, 빗소리에 가려 들리지 않았다. 낮 동안 찌물쿠던 기운이 단숨에 씻겨나갔다.

그렇게 초대소 현관까지 갔을 때, 둘은 젖을 대로 젖어 있었다.

"조선어로는 비를 어떻게 부르나요?"

머리의 물기를 털어내며 벨라가 물었다.

"비."

기행이 짧게 대답했다. 물에 젖은 셔츠가 가슴에 달라붙었다. 벨라가 '비'라고 따라 했다. 기행은 검지를 들어 위에서 아래로 그으며 다시 말했다.

"비. 비는 이렇게 길게 떨어지는 소리입니다."

그러자 벨라가 그 동작을 따라 했다.

"그럼 바람과 바다는 어떻게 말합니까?"

기행은 제 손등을 당겨 입 앞에 대고 말했다.

"바람. 바람이라고 하면 이렇게 바람이 입니다."

이번에도 벨라가 그 동작을 따라 했다.

"그리고 바다라고 하면, 조선인들은……"

그는 손을 들어 어둠 속 동해를 가리켰다.

"저절로 멀리 바라보게 됩니다. 바다는 멀리 바라보라는 소리
입니다."

그러자 그녀는 가만히 기행의 손가락이 가리키는 곳을 바라봤
다. 두 사람 앞에, 검은 어둠이 펼쳐져 있었다. 바다는 그 어둠 속
에 있었다. 기행은 노란 바탕에 까만 등을 매달고 제주도에서 그
바다까지 찾아온 배들을 바라보던 어느 해의 여름을 떠올렸다. 사
랑을 잃고 방황하던 시절의 일이었다. 어디서 무슨 얘기를 들었는
지 감옥에서 나와 함흥에서 인쇄소를 하던 병도가 이틀이 멀다 하
고 하숙집으로 기행을 찾아오곤 했다. 그 시절, 기행은 함흥의 연
극패들과 어울려 다니며 본정통과 대화정은 물론이거니와 본궁
과 흥남과 서호진을 거쳐 삼호까지 진출해 술집들을 섭렵하고 다
녔다. 그때 먹었던 전복회, 창난젓, 은어젓, 명태골국, 가자미회국

수, 해삼탕, 털게살 들어간 청포채무침 등의 맛은 여전히 입가를 맴돌았다. 그렇게 동해안의 지리를 익힌 뒤, 그다음부터는 혼자서 내륙 쪽으로 파고들었다. 인클라인에 매달린 경편열차에 올라 해발 천이백 미터의 황초령역도 보고, 설봉산 귀주사 크나큰 솥도 보고, 신흥의 산골짜기에서 트럭 타고 장진 땅에서 돌아나온 꿀벌 스무남은 통도 보고, 박꽃 하얗게 핀 지붕으로 박각시나방 날아드는 것도 보고 다닌 게 꼭 이십 년 전의 일이었다. 그가 경험한 모든 것들은 아름다운 말들로 남아 있었다.

"저 역시 시를 썼던 사람입니다. 그러나 그 말들은 제 안에서 점점 지워지고 있습니다. 음식 이름들, 옛 지명들, 사투리들…… 폐허에 굴러다니는 벽돌 조각들처럼 단어들은 점점 부서지고 있어요."

그 위에 새로운 사회주의 공화국의 시들이 건설되고 있었다. 새로운 시들은 공장에서 미리 제작한 벽체를 올려 아파트를 건설하듯이 한정된 단어와 판에 박힌 표현만으로 쓰였다. '우리는 자랑한다 조선 로동계급의 이름으로/프로레타리아 국제주의 기치를/그 기치 아래 손잡아 떨친/무진하고 무적한 위대한 힘을!'이라고 노래하고, 또 '나는 다시금 느낀다./로력의 성과가 얼마나 큰가를/영웅의 땅 이런 나라에 산다는 행복/심장 속에 싱싱 푸르러감을'이라고 외치는 시들. 거기에 가무락조개, 나줏손, 귀신불, 이랑, 양지귀, 개포가 같은 말은 들어갈 수 없었다. 새 공화국의 젊은 시인들은 기행의 시가 낡은 미학적 잔재에 빠져 부르주아적 개인 취미로 흐른다고 비판했다. 그들은 기행에게 어렵게 쓰지 말라고, 개성을 발휘하지 말라고, 문체에 공을 들이지 말라고 충고했다.

"아까 낮에 본, 오솔길 끝에 서 있던 수도원의 풍경 기억나세요?"

가방에서 담배를 꺼내 물며 벨라가 말했다. 습기 먹은 성냥은 몇 번이고 그어도 불이 붙지 않았다. 성냥을 받아 기행이 불을 붙였다. 그날 낮, 벨라를 찾아 해수욕장의 끝까지 갔지만 그녀의 모습은 보이지 않았다. 그 끝에는 큰 섬과 작은 섬이 있었다. 육지와 이어진 작은 섬에는 일제시대 때 신사를 헐어내고 만든 공원이 있었기에 거기까지 가봤다. 그러다가 돌아서는데, 송림 사이로 작은 오솔길이 보였다. 그 오솔길에 벨라가 서 있었다. 다가가니 벨라는 십자가도 떨어져나가고 지붕도 내려앉은 수도원을 바라보고 서 있었다.

"그런 길을 '트로핀카'라고 부르는군요. 오래전의 여름, 그 오솔길에서 악대가 찬송가를 연주한 적이 있었지요. 덕원의 베네딕도 신학교의 신학생들이었는데, 여름이라 바다 옆의 수도원을 찾았던 모양이에요. 그때 저는 해변에 깐 삿자리에 누워 있었는데, 웅앙웅앙 은은한 나팔소리가 들려오더군요. '예수, 인간 소망의 기쁨'이라는 제목의 칸타타였습니다. 아마추어들의 어설픈 연주였지만, 그 나팔소리에 오래 귀를 기울였죠. 지금은 모든 게 폐허가 돼버렸지만. 이제 숲을 보면서도 저는 그 숲이 비어 있는 것을 봅니다."

'예수, 인간 소망의 기쁨'이라는 제목을 말하자마자, 나선형 계단을 밟고 올라가는 듯한 그 선율이 기행의 기억 속 어딘가에서 울렸다. 함경도의 신부와 수녀들은 전쟁 전에 모두 체포됐으니, 그들도 몇몇은 이 세상 사람이 아닐 것이다. 그런데도 그날의 궁근 선율은 이데아처럼 남아 있었다.

"숲이 비어 있는 것을 보는 사람도 시인이고, 폐허가 꽉 차 있는 것을 보는 사람도 시인이지요. 저는 모든 폐허에서 한때의 사랑을 발견하기 위해 시를 씁니다. 괴링이 이끄는 독일 폭격기가 육백 대나 날아와 포탄을 쏟아부었을 때, 스탈린그라드는 영원히 불타는 줄 알았어요. 모든 게 엉망진창이었죠. 밤은 낮처럼, 낮은 밤처럼. 물은 불처럼, 불은 물처럼. 악은 선이 되고, 선은 악이 됐죠. 그게 바로 전쟁, 지옥의 풍경이에요. 그렇게 몇 달 뒤 꺼지지 않을 것 같던 불이 꺼졌을 때, 도시는 완전한 폐허가 됐죠. 그 폐허를 응시하는 일이 시인의 일이잖아요? 그렇지 않나요?"

벨라가 말했다.

"나는 1924년에 세상에 태어났고, 그 세상에는 늘 나보다 먼저 죽는 것들이 있었어요. 내게 전쟁이란 내가 가장 사랑하는 것들을 죽이는 일이었어요. 전쟁은 인류가 행할 수 있는 가장 멍청한 일이지만, 그 대가는 절대로 멍청하지 않습니다. 그렇다면 우리가 죽음을 생각하지 않고 어떻게 삶에 대해 말할 수 있나요? 전쟁을 생각하지 않고 어떻게 평화를, 상처를 생각하지 않고 어떻게 회복을 노래할 수 있나요? 전 죽음에, 전쟁에, 상처에 책임감을 느껴요. 당신 안에서 조선어 단어들이 죽어가고 있다면, 그 죽음에 대해 당신도 책임감을 느껴야만 해요. 날마다 죽음을 생각해야만 해요. 아침저녁으로 죽음을 생각해야만 해요. 그러지 않으면 제대로 사는 게 아니에요. 매일매일 죽어가는 단어들을 생각해야만 해요. 그게 시인의 일이에요. 매일매일 세수를 하듯이, 꼬박꼬박."

빨갛게 타오르는 노을을 물끄러미 바라보며 기행은 어둠 속에서 벨라의 담배가 불꽃을 일으키던 것을 기억했다. 그리고 기행은 지난가을, 옥심과 함께 바라보던 불을 떠올렸다. 얼마 전까지 누군가 살았던 집으로 번지던 불. 문짝을 태우고 기둥을 태우고 지붕을 태우던 불. 그때 그는 지금까지 자신이 알던 세계가 그렇게 불타는 것이라고 생각했다. 처음에는 바이러스와 병원균이 불타겠지만, 곧 그 불은 종파주의와 낡은 사상으로 옮겨붙을 것이고, 종내에는 서너 줄의 시구를 얻기 위해 공들여 문장을 고치는 시인이, 맥고모자를 쓰고 맥주를 마시고 짠물 냄새 나는 바닷가를 홀로 걸어가도 좋을 밤이, 높은 시름이 있고 높은 슬픔이 있는 외로운 사람을 위한 마음이 불타오를 것이다. 그렇게 한번 불타고 나면, 불타기 전의 세상으로는 돌아가지 못할 것이다. 이제, 우리 모두는. 그렇게 1958년 12월의 해가 저물었다.

무아(無我)를 향한 공무 여행

헛간 불타버려
막아선 게 없으니
달이 보이네

_미즈타 마사히데의 하이쿠

Ne pas se refroidir, Ne pas se lasser

코 고는 소리가 멀리서 들리기 시작했다. 그 소리를 들으며 기행은 서서히 깨어났다. 가장 먼저 한 일은 담요를 끌어당기는 것이었다. 담요에서는 지린내와 땀내가 났다. 어둠 속에서 창호문이 은은한 빛을 발하고 있었다. 여기가 구(舊)마산인지, 통영인지…… 그렇게 중얼거리다가 그는 방금 전까지 자신이 본 것이 꿈속의 세계였으며, 지금은 지난밤 잠자리를 구하지 못해 헤매다가 들어온 철도병원 병실이라는 사실을 기억해냈다. 눈보라 속을 헤매고 다녀 찬밥 더운밥 가릴 계제가 아니라 병실이라고 마다할 수는 없었는데, 뜻밖에도 따뜻한 온돌방이어서 환자들 사이라는 것도 잊고 곧장 잠이 들었다.

꿈속에서는 두 남자가 길을 걷고 있었다. 둘은 한 여자를 좋아하고 있었다. 그러면서도 둘은 유쾌하게 웃었다. 거기에는 슬픔도 괴로움도 없었다. 바야흐로 봄이 다가오던 때였다. 한 사람이 "그게 다야"라고 말하면 다른 사람이 "그게 다야"라고 따라 했다. 둘은 서로를 바라보다가 배를 잡고 웃었다. 그 모습이 좋아 다시 꿈속으로 들어가려고 했으나 한번 달아난 잠은 돌아오지 않았다. 그렇게 기행은 이따금 소리를 지르거나 신음을 내뱉고, 또 몸을 뒤척이는 환자들 사이에서 가만히 누워 다시 잠이 찾아오기만을 기다렸다.

가방에 넣어둔 공무 여행증에 적힌 바에 따르면 지금쯤 기행은 혜산에 있어야만 했지만 눈사태로 철길이 끊어진 탓에 백암역에서 발이 묶였다. 백암은 해발 천오백 미터에 위치한 산읍이고, 거기서 운흥군으로 들어가자면 넘어야 할 고개가 하도 높아 기관차는 객차의 반을 백암역에 떨군 뒤 스위치백 구간을 지나 령하역까지 갔다가 다시 백암역으로 되돌아와 객차를 마저 끌고 가야만 했다. 그렇게 험한 곳인데다가 9월 말부터 이듬해 5월 초까지는 내린 눈이 차곡차곡 쌓이기만 했으므로 백암 철도분국 선로반원들의 겨울나기는 여간 힘든 게 아니었다.

하지만 눈이 있어 량강도의 혹독한 겨울은 간신히 버틸 만했다. 그 눈 때문에 깊은 밤, 기행은 이따금 이깔나무와 소나무와 가문비나무의 숲으로 가곤 했다. 숲속에서 귀를 기울이노라면 작고 가벼운 것들이 차곡차곡 쌓이는 소리가 들렸고, 때로는 그것들의 무게를 이기지 못해 가지가 꺾이는 소리가 들리기도 했다. 그런 밤이면 숙소로 돌아온 뒤에도 쉽게 잠들지 못했다. 눈을 감으면 눈송이들처럼 큰 의미를 부여하지 않고 그냥 지나쳤던 인생의 자잘

한 일들이 시간의 더께를 뒤집어쓴 채 그의 마음을 짓눌렀다. 왜 그래야만 했을까? 또 그런 밤이면 이태 전, 자신이 번역한 엔 아쿤(N. A. Kun)의 『희랍 신화집』에 나오는 「노동과 나날」이라는 시를 떠올렸다. 그 시에서 시인 헤시오도스는 지금까지의 역사를 황금 세기, 은 세기, 구리 세기, 영웅 세기로 나눈 뒤 다섯번째 세기인 현재를 무쇠 세기라고 일컬었다.

다섯번째 세기는 지금도 이 땅 위에서 존속되고 있다. 낮이나 밤이나 할 것 없이 슬픔과 고된 노동은 끊임없이 사람들을 멸망케 한다. 신들은 사람들에게 괴로운 시름을 보낸다. 사실 신들은 악에 선을 섞어놓았지만 그러나 역시 악이 더 많아서 그 어디서나 이 악이 판을 치는 것이다. 아이들은 어버이들을 공경할 줄 모르며 벗은 벗에게 신의가 없다. 길손은 환대를 만나지 못하며 형제들 사이에는 사랑을 볼 수 없다. 사람들은 한번 맹세한 것을 지키지 않으며 진실과 선행을 높이 치지 않는다. 사람들은 서로서로 성시를 무너뜨린다. 그 어디서나 폭력이 지배하며 교만과 힘이 높이 쳐진다. 양심과 공평한 심판의 여신들은 사람들을 버리고 말았다. 이 여신들은 하얀 옷을 입고 불사신인 신들을 향하여 높고 높은 올림포스로 날아 올라가고 사람들에게는 견디기 거북한 불행만이 남았다. 이리하여 사람들에게는 악을 막을 수 있는 게 아무것도 없이 되었다.

왜 그래야만 했는지 묻는 기행에게 이천육백 년 전의 시인이 대답했다. 그 까닭은 우리가 무쇠 세기에 살고 있기 때문이라고. 그러니 시대에 좌절할지언정 사람을 미워하지는 말라고. 운명에 불행해지고 병들더라도 스스로를 학대하지 말라고. Ne pas se refroidir, Ne pas se lasser(냉담하지 말고, 지치지 말고). 다정한 준의 목소리가 들렸다. 마음이 있다면 행동해야지. 야심 많은 현의 목소리도 들렸다. 비록 다가갈 때 인간들이 눈치채지 못하도록 제우스가 불행과 병에게서 말하는 재주를 빼앗았다고 할지라도. 그리하여 언어를 모르는 불행과 병 앞에서 시인의 문장이 속수무책이라고 할지라도. 앞선 세대의 실패를 반복하는 인간이란 폐병으로 죽어가는 아비를 바라보면서도 한 가지 표정도 짓지 못하는 딸과 같은 처지라고 할지라도. 그럴지라도.

완전히 다른 '나'의 마지막 기회

　문학신문사에서 '현지 파견 작가의 좌담회'가 열려, 삼수의 관평협동조합으로 파견 나간 지 일 년 만에 평양을 다녀오는 길이었다. 해가 바뀌어 기행은 이제 마흔아홉 살이 됐다. 공자가 천명을 알았다는 나이가 눈앞이었지만, 그가 알게 된 것은 전보다 마음이 덜 부대낀다는 것. 늙은 몸은 쉬 피로해졌기에 마음은 언제나 뒷전이었다. 덕분에 마흔아홉 살의 시련은 몸이 독차지했다. 그렇게 하루하루 지내다보면 자기 마음이 지금 어떤 상태인지 따져볼 겨를이 없었다. 그렇기에 좌담회에서 지난 한 해를 회고해보라는 사회자의 말에 기행은 좀체 입을 열 수 없었다. 그러자 사회자가 "작년 이맘때 량강도의 추위는 무던히 혹심했다는 말을 하시던데!"라고 힌트를 줬다.

　"추위의 시련보다 마음의 시련이 더 컸다고 하겠지요. 혁명적인 현실 속에서 벅찬 흥분을 느끼는 것이 무엇보다 중요합니다. 나의 경우는 더욱 그렇습니다. 인민 속에서 자기 위치를 찾는 것,

이것이 나의 과업이었습니다. 정신생활을 위주로 하는 작가가 노동 체험을 통해 그것을 체득한다는 것이 얼마나 어려운 일인가는 말하지 않아도 다들 알고 있으리라 생각합니다. 일 년을 회고해볼 때 첫 포부를 달성했다고는 감히 말할 수 없으나 아무튼 지난 일 년이 무척 귀중한 한 해였다는 것만은 절실히 느끼고 있습니다."

아무렇게나 생각나는 대로 떠들었는데 그게 마음에 들었는지, 아니면 삼수에서 그다지 멀지 않은 곳이라서 그랬는지. 좌담회가 끝난 뒤 문학신문의 주필은 기행에게 최근 완성된 삼지연 스키장에 관한 오체르크, 즉 현장 보고의 집필을 맡겼다. 그러면서 그는 기행에게 "마지막 기회라고 생각하시오. 일 년 동안 삼수에서 굴렀으니 느끼는 바가 있지 않았겠소? 이번 오체르크에 등장하는 일인칭 '나'는 지금까지의 동무와는 완전히 다를 것을 기대하겠소. 다 버리시오. 모두 버리고 난 뒤의 말간 눈으로 삼지연을 바라보면 새롭게 보이는 게 있을 것이오. 그것에 대해 쓰시오. 그래야 우리는 동무의 사상이 바뀌었음을 단번에 알아볼 수 있고, 동무는 계속 시를 쓸 수 있소"라고 말했다. 기행은 조금씩 환해지는 문풍지를 바라보며 주필이 말한 '마지막 기회'라는 것에 대해 생각했고, 또 지금까지의 자신과는 완전히 다른 일인칭 '나'에 대해 생각했다.

그때 문의 하얀색을 배경으로 불쑥, 빨간 등을 내건 요릿집을 찾아 동료 기자인 현과 함께 천변을 걸어가던 1935년 여름의 기행이 영화 속의 인물처럼 떠올랐다. 그때는 스물네 살이었고, 서울이었고, 첫사랑이었다. 살아오면서 수백 번도 더 돌이켜봤던 장면이었다. 교수대 앞에 선 체코의 공산주의자 율리우스 푸치크가 그랬듯이. 기행이 그의 책 『교수대 앞에서의 말』을 읽은 건 1947년의 일이었다. 그 무렵 기행은 정치에서는 손을 떼고 본업으로 돌아가려고 동대원의 집에서 두문불출하며 독서와 번역에 몰두하고 있었다. 그러던 어느 날 보안서원들이 집으로 들이닥쳐 그를 체포했다. 모처에 끌려간 뒤에야 그는 체포 이유가 얼마 전 월남한 훈 때문이라는 사실을 알게 됐다. 아오야마학원 영문학과 후배인 훈은 평양에 있을 때 소련군 공보실에서 일했는데, 월남 후 미군측 통역관이 되어 미소공동위원회에 나왔다고 보안서원들이 분개했다. 그 일로 훈과 관계된 자들이 모두 조사를 받고 있었다.

난처한 상황이긴 했지만 하얼빈에서 탈출한 뒤 자신을 찾아온 훈을 고당 선생에게 연결시켰을 뿐, 그뒤에 소련군 공보실에 그를 밀어넣은 건 조선민주당 인사들이었기에 기행은 큰 문제가 있겠나 싶었다. 그러다가 미소공동위원회에 나온 훈이 소련측의 용어를 문제삼았다는 말을 듣게 됐다. 그때 소련측은 북한의 통역가들이 적어준 대로 다른 정치인들은 모두 '지도자'란 뜻의 '리데르(лидер)'라고 하면서 수령만 '영도자'라는 뜻의 '루코보디텔(руководитель)'로 부르고 있었다. 훈은 소련군 밑에서 존재하는 정당, 사회단체, 노동단체는 모두 꼭두각시에 불과한데 누가 그를 영도자로 추대했느냐고 따지며 차라리 '루코블루디예(рукоблудие)'라고 부르자고 해 회의가 중단됐다고 했다. '루코블루디예', 그건 자위행위라는 뜻이었다. 훈답다는 생각이 들었다.

훈의 불경죄를 자신에게 뒤집어씌우기야 하겠는가는 생각이 들면서도 기행은 몹시 겁이 났다. 무엇보다도 집에서 걱정하고 있을 아내와 아이들의 모습이 눈에 선했다. 전등 불빛으로 환한 대기실에서 자신이 얼마나 나약한 존재인지 하루에도 몇 번이고 확인하던 그때, 율리우스 푸치크의 글이 그를 위로했다. 푸치크는 감옥에서 처형을 기다리면서도 글을 썼다. 죽음의 물결이 발밑까지 밀려왔을 때도 어떤 수사나 허세 없이 절제하고 또 절제했다. 단 한순간도 자신의 슬픔이나 고통을 앞세우지 않았다. 기행은 그 단호함을 흉내조차 낼 수 없었지만, 세상에 그런 이가 존재했다는 사실에 큰 용기와 위안을 얻었다.

그뒤로도 기행은 몇 번 더 불시에 체포되어 심문받았다. 당이 의심의 눈초리를 거둘 때까지 그는 작아지고 또 작아져야만 했다. 그런 순간마다 그는 먼저 그 책의 마지막 구절을 마음 깊이 품었다. '현실 속에는 관객이 없다. 마지막 막이 오른다. 사람들이여, 나는 그대들을 사랑했다. 깨어 있어주기를!' 그다음에는 서문을 떠올렸다. 체포된 푸치크는 두 손을 무릎에 얹고 몸을 꼿꼿이 세워 차려 자세로 앉은 채 한때 페체크은행 건물이었던 홀의 누런 벽에 시선을 고정했다. 게슈타포들은 그 홀을 '내부 구금실'로 불렀지만, 어떤 사람은 '극장'이라고 했다. 거기를 극장이라고 부른 건 절묘했다.

넓은 홀에 긴 의자가 여섯 줄 놓여 있었고, 조사를 기다리는 사람들이 몸을 세우고 그 의자에 앉아 있었다. 심문으로, 고문으로, 죽음으로 불려가길 기다리면서 그들은 앞의 빈 벽을 응시했다. 이윽고 그 벽은 스크린이 되어 한 사람의 일생이, 혹은 잊지 못할 순간순간이 담긴 영화를, 그러니까 그의 어머니나 아내, 아이들이 등장하는 영화를, 무너진 가정이나 파괴된 인생을 담은 영화를 보여주고 또 보여줬다. 고문을 기다리는 사람들은 제가끔 빈 벽으로 투사되는 자신만의 영화를 보고 있었다. 푸치크에 따르면, 그건 용감한 동지들이나 배신자의 영화, 그가 반나치 전단을 주었던 사람에 대한 영화, 다시 흐르고 있는 피의 영화, 그가 신념을 굳게 지킬 수 있도록 해준 굳은 악수에 대한 영화, 공포나 용감한 결단, 증오나 사랑, 두려움과 희망으로 가득찬 영화들이었다.

불시에 체포돼 대기실에 앉아 있을 때마다 기행도 푸치크와 마찬가지의 일을 겪었다. 하얀 벽은 스크린이 되어 제일 먼저 여우난골 진할머니 진할아버지가 사는 큰집에 신리 고모의 딸 이녀, 토산 고모의 딸 승녀, 아들 승동이, 인절미 송구떡 콩가루차떡과 두부 콩나물 고사리 돼지비계를, 다시 그 위에 소복소복 눈 쌓이는 납일날 밤과 문풍지 작은 유리창으로 들여다보는 조마구 군병의 새까만 대가리와 새까만 눈동자를, 또 잔고기를 잘 잡던 앞니

뻐드러진 주막집 동갑내기 아이 범이와 장꾼들을 따라와 엄지의 젖을 빠는 망아지와 물쿤 개비린내와 가지취 냄새를 펼쳐 보이곤 했다. 그리고 이제 또 기억은 그 하얀 문풍지에 1935년의 일을 펼쳐놓고 있었다. 바깥이 완전히 밝아올 때까지, 몇 번이고 몇십 번이고.

미역오리같이, 굴껍지처럼

1935년, 기행은 스물네 살이 됐다. 그해 6월 결혼한 준이 처가가 있는 통영에 인사차 내려간다기에 기행은 조금은 부러운 마음이 들면서도 그러려니 생각했다. 첫 시집을 묶을 요량으로 그간 써온 초고들을 추스르던 때라 사전과 초고가 든 가방만큼이나 여러 생각들로 머릿속이 복작거렸다. 그 원고 뭉치 중에는 아오야마학원 졸업을 앞두고 이즈반도를 여행할 때 쓴 글들도 있었는데 시가 될지 소설이 될지, 그도 저도 되지 않을지 알 수가 없었다. 가와바타 야스나리의 『이즈의 무희』를 읽은 게 그 짧은 여행의 계기가 된 만큼 소설을 염두에 두기도 했지만, 그는 '패사적(稗史的)'인 아가씨도, '거지와 유랑 가무단은 마을에 들어오지 말 것'이라는 푯말도 보지 못했다. 다만 해변의 철학자들처럼 뭔가를 생각하는 듯 우뚝 서서 고개를 들고 귀를 기울이는 개들과 먼 촌수의 큰아버지 제사에 모인 가난한 일가 같은 까마귀들과 바다에서 태어나 해변에서 모래성을 쌓으며 바다에 싸움을 거는 아이들을 봤을 뿐이다. 모두가 삶의 파도에 휩쓸려가는 나약하고 작은 존재들이건만 겁이라는 걸 모르고 있었다. 그중 하나가 바로 해변 마을 가키사키에서 본 처녀였다. 초고 뭉치 속 그녀의 인상은 흐릿하기만 했다. 그 무렵, 기행이 몇 년간 써온 원고를 정리하고 있다는 것을 안 준은 명백하게 알기 전까지는 글을 써서는 안 된다는 충고를 들려주기도 했고, 어느 날은 'Ne pas se refroidir, Ne pas se lasser(냉담하지 말고, 지치지 말고)'라고 적힌 쪽지를 건네기도 했다.

며칠 뒤, 같은 신문사 동료이자 준의 처와는 동기간인 현이 '계림(鷄林)'을 파는 곳을 찾았다기에 기행은 천변의 한 요릿집까지 따라나섰다. 편집국 노산 선생에게 마산의 명주라는 계림에 대해 들은 뒤로 기행은 그 술을 한 번은 마시고 싶었다. 물론 제일 좋은 것은 마산에 가서 취하는 일이었겠지만. 한 번도 보지 못한 것을 그리워할 수 있을까? 기행에게는 남해가 꼭 그랬다. 계림을 마시기도 전에 그는 그리움에 취해버렸다. 내 고향 남쪽 바다, 그 파란 물 눈에 보이네…… 남해의 술을 삼키고 기행은 노산 선생의 시를 읊조렸다.

"시집 준비는 잘 되어가나? 출판사는 알아봤고?"

기행의 흥얼거림을 들었는지, 생선국의 우럭 살을 덥석 베어 물며 현이 물었다.

"나야 많이 읽힐 필요도 없고 이름을 알리거나 돈을 벌 생각도 없으니 이삼백 부 정도면 족한데 어디 그걸 찍어줄 출판업자가 있을까?"

반찬으로 딸려 나온 호래기젓을 집어먹으며 기행이 말했다.

"출판사를 못 구하면 제 돈을 써야 할 판이니 문제지."

"돈이야 무슨 상관인가? 시집이나 제대로 내면 되지."

"자네가 '제대로'라고 말하니 겁이 덜컥 나네. 또 얼마나 돈을 쓰려고?"

그 말에 기행은 무심한 표정을 지었다. 평소에도 현은 기행의 씀씀이에 놀라곤 했다. 돈 얘기를 해봐야 기행은 한쪽 귀로 흘려보내는 사람이었다.

"제목은?"

현이 화제를 바꿨다.

"시집 제목? 저문 6월의 수선이라고 할까봐."

기행의 대답에 현이 눈을 치켜떴다.

"수선? 저문 6월의 수선?"

수선이라면, 그것도 6월의 수선이라면 두 사람이 공유하는 기억이 있었다. 이슬비 내리던 그해 6월의 무더운 밤, 준의 결혼피로 연이 있다기에 두 사람은 그의 외할머니가 경영하던 낙원동 장안여관으로 찾아갔다. 가보니 방 하나를 통영 출신 여학생들이 차지하고 있었다. 현과 기행이 기척을 내고 방안으로 들어가자 그녀들은 일제히 입을 다물었다. 여학생들의 호기심 많은 시선은 아무래도 통영에서 학교를 다닐 때 선생님의 남동생으로 익히 알고 있던 현보다는 새 얼굴인 기행에게 가 있었다. 현이 스스럼없이 몇 마디 우스개를 늘어놓자 그녀들의 얼굴에 웃음기가 돌았다. 기행은 그중 한 여학생에게서 눈을 뗄 수가 없었다. 머리가 까맣고 눈이 크고 코가 높고 목이 패고 키가 호리낭창한 사람이었다. 그는 첫눈에 반했다.

다음날 회사에서 만난 현에게 기행은 "어제 장안여관에서 만난, 그 천희라는 여학생 있잖은가?"라고 넌지시 물었다. 그러자 현은 어리둥절한 표정으로 "누굴 말하는가? 방에 한두 명이 아니었잖아?"라고 되물었다. 이번에는 기행의 표정이 야릇해졌다. 기행이 눈여겨본 여학생은 한 명뿐이었는데…… 그렇게 딴소리를 주고받다가 둘은 통영 사람들이 처녀를 일컫는 말인 '처니'라는 사투리를 평안도 출신인 기행이 '천희'라는 이름으로 잘못 알아들었다는 사실을 알게 됐다. 그때 현이 "아니, 수선화에 비길 만한 미인을 처니라고만 말하면 누가 알아듣는가?"라고 말했는데, 기행은 그걸 기억하고 있었던 것이다.

"시집을 바친다면 대단한 프러포즈인데. 시는 써놓은 게 있어?"

"그 제목이 방금 생각났으니까 이제부터 써야지."

천연덕스럽게 기행이 말했다.

"그나저나 그 처니 정말 마음에 드는 거야?"

현의 말에도 기행은 술만 들이켤 뿐, 대꾸가 없었다.

"마음에 없다면야 내가 굳이 나설 필요도 없겠군그래. 워낙 어려서부터 잘 알던 아이라 들려줄 얘기가 많았는데…… 자네가 안 나선다면 내가 나서볼까?"

현이 약을 올리자 기행도 더 점잔을 뺄 수는 없었다. 그렇게 해서 기행은 그 여학생에 대한 자세한 이야기를 들을 수 있었다. 외조부는 통영에서 이름난 천석꾼이며 외삼촌은 젊어서부터 독립운동에 투신한 저명인사이자 지금은 조선중앙일보의 전무로 지내고 있다는 것, 외삼촌과 마찬가지로 일본 유학생 출신으로 통영청년단에서 활동했던 아버지가 몇 년 전 폐병으로 죽은 뒤 지금은 충렬사 아래 외갓집에서 홀어머니와 살고 있다는 것, 아버지를 닮아 총명해 이화여전에 다니는 것까지는 좋으나 폐가 좋지 않고 병약한 것도 물려받은 일만은 좀 유감이라는 것.

"어쩐지…… 그래서 보자마자 가키사키의 그 처녀가 생각났던 것이로군."

기행이 고개를 주억거리며 말했다.

"가키사키? 거기가 어디야?"

감나무 많은 골짜기겠거니 짐작하며 현이 물었다.

"작년, 아오야마를 졸업하기 전에 이즈반도를 여행한 일이 있는데, 시모다 근처의 작은 반도 초입에 가니 가키사키라는 어촌 마을이 있더라구. 여관에 묵고 보니 전지요양차 온 노인과, 그 병수발을 하는 젊은 딸이 장기투숙중이었지. 그날 저녁상에 참치회가 나왔는데, 폐병에 걸린 노인이 그 좋아하는 걸 먹지 못해 눈물을 뚝뚝 흘리다가 문 닫고 방에 들어가버리더라구. 그런데 옆에 있던 딸의 얼굴이 무표정했어. 그땐 비정하다고 생각했지. 죽음을 두려워하는 아비에게 조금도 공감하지 않는 표정이라고. 그런데 지금 그 얘기를 듣고 보니, 그건 어쩌면 겁에 질려 마비된 표정이라는 생각도 드네. 그녀도 곧 자신에게 닥칠 병과 불행을 아비에게서 봤을 테니까. 그래, 이건 시가 되겠어."

무슨 이야기를 하나 듣고 있던 현은 한숨을 내쉬었다.

"통영 처니 얘기하다가 갑자기 천리만리 떨어진 이즈반도는 또 뭔가? 온통 마음이 시에만 가 있으니. 그래서 그 처니에게는 마음이 있다는 거야, 없다는 거야?"

"마음이 있다면, 또 내가 어쩌겠누?"

"마음이 있다면 행동해야지."

"행동? 무슨 행동?"

"이 사람, 가키사키에 가서 감 떨어지기나 기다릴 사람일세. 그럼 자넨 그냥 입 벌리고 가만히 있어. 내가 다 알아서 할 테니까. 좋은 생각이 있어. 이번에 준의 근친 길에 우리 같이 내려가자구. 같이 가서 그 처니 집안 사람들도 만나고, 통영 구경도 해서 시를 써서 바치면 그녀도 마음이 동하지 않겠나? 어때?"

목표가 생기자 현의 눈이 반짝거렸다. 그런 자신만만하고 당당한 태도는 현이 지닌, 가장 값진 것이라고 기행은 생각했다. 그때는 그랬다. 그때 세상은 아름다운 것들로 북적대고 있었다. 따뜻한 것들로, 좋아하는 것들로, 다정한 것들로. 이를테면 잘 길들여진 돼지처럼 순하고, 남국의 산록같이 보드라운 것들로. 그때는 세상 모든 것이 두 겹으로 이뤄져 있다는 사실을, 사랑이 있다면 그 뒷면에는 미움이 있고 즐거움과 괴로움은 서로 붙은 한몸이라는 사실을 아직 모를 때였다. 그런 현의 당당함 이면에는 세상에 대한 분노와 스스로를 향한 우울이 도사리고 있으리라는 것도 알지 못했다. 그래서 현이 "자네는 내가 하라는 대로만 하면 돼. 준처럼, 내가 그 처녀랑 꼭 맺어줄 테니까"라고 말할 때, 그렇게 해서 찾아간 통영에서 '넷날엔 통제사가 있었다는 낡은 항구의 처녀들에겐 넷날이 가지 않은 천희라는 이름이 많다/미역오리같이 말라서 굴껍지처럼 말없이 사랑하다 죽는다는/이 천희의 하나를 나는 어늬 오랜 객주집의 생선 가시가 있는 마루방에서 만났다/저문 유월의 바닷가에선 조개도 울을 저녁 소라방등이 불그레한 마당에 김냄새 나는 비가 나렸다'라고 시를 쓰면서도 기행은 그의 말을 믿었다. 철석같이. 그로부터 시간이 흐르고 흘러 다시 가을이 찾아오고 겨울이 지나가고 새봄이 다가올 때까지는. 그 처녀의 집에서 기행의 어머니를 문제삼아 혼사에 반대하고 나서는 동안에도, 그리고 1937년 4월의 어느 날, 함흥의 영생고보에서 영어 교사 생활을 하던 기행을 대신해 그 처녀의 집안을 설득하러 나섰던 그 친구가 통영에서 그녀와 결혼했다는, 믿기 힘든 소식을 들기 전까지는. 그 순간, 기행이 가꿔온 믿음의 세계는 단숨에 무너졌고, 그 이후의 삶은 왜 그래야만 했는지 따져보는 일에 지나지 않았다.

혜산은 봉우리 너머에

두꺼운 누비옷을 걸친 영감들이 마루에 앉아 담배를 피우며 투명한 옥빛 하늘 아래 펼쳐진 은세계를 바라보고 있었다. 같은 방에서 기행과 하룻밤을 함께 보낸 사람들이었는데, 환자라기엔 너무 건강해 보였다.

"밤새 눈이 잘도 내렸다아."

"한 자도 족히 넘겠다아."

량강도의 노인들이라면 눈이 지겨울 법도 할 텐데, 새로 내린 눈이라서인지 아이들처럼 좋아했다. 하지만 그들은 기행이 나오는 걸 보더니 금세 표정 없는 얼굴로 돌아가 사부랑거리던 입을 다물었다.

역 앞 도로에서는 철도 부대원들이 한창 제설작업중이었다. 그들은 삽과 가래를 이용해 길 양옆에 사람 키 높이의 눈 담을 쌓아 올렸다. 앞서 지나간 사람의 발자국을 밟으며 기행은 백암역까지 걸어갔다. 대합실은 철길이 뚫리기만을 기다리는 승객들로 만원이었다. 노란색 견장을 단 해군 소위, 갓난아이를 등에 업은 채 명태 여러 손을 든 검정 무명 치마의 아낙네, 주전자 속에서 절절 끓는 귀리차를 파는 복무원, 사람들의 발에 차일 때마다 새된 소리를 내는 돼지 새끼…… 기행과 마찬가지로 전날 갑작스레 쏟아진 눈으로 철길이 끊어진 탓에 혜산으로 넘어가지 못하고 백암에서 발이 묶인 사람들이었다.

매표창구로 가 혜산행 기차가 언제 출발하는지 물어도 역무원은 아무것도 모른다며 손사래를 칠 뿐이었다. 어떻게 된 사정인지, 언제쯤 기차가 출발할지 아는 사람은 아무도 없었다. 그럼에도 교통 통제, 단전, 비상소집, 특별 생활 총화 등에 익숙해진 탓인지 사람들은 순한 양처럼 지시가 떨어지기만을 기다리고 있었다. 기행은 그들처럼 무기력해지려는 마음을 가까스로 다잡았다. 무슨 수가 있어도 삼지연 스키장에 대한 오체르크를 마감 전에 보내야만 했다.

문학신문의 주필이 말한 것처럼, 그 취재는 기행에게 주어진 마지막 기회였다. 그나마도 작가동맹 위원장인 병도의 입김이 있어 가능했다고 그는 덧붙였다. 그 말을 듣고 기행은 평양에서 병도에게 문전박대당한 서러움을 조금 씻어낼 수 있었다. 주필은 '조선인민군은 항일 무장투쟁의 계승자이다'라는 제목의 소책자를 쥐여주며, 항일 무장투쟁과 관련해 삼지연 혁명 전적지에 대한 수령의 관심이 매우 높으니 이를 잘 고려하라는 조언까지 내놓았다. 이번에도 당의 관심을 끌지 못한다면 기행은 영영 잊힐 것이라고도 말했다. 무슨 뜻인지 잘 알면서도 기행은 불안했다. 현이라면 어땠을까? 그라면 분명 잘해냈을 것이다. 폭설로 일정이 지연된다는 사실을 알리기 위해 삼지연 휴양각과 관평협동조합에 연락을 취하려고 역 앞 체신소로 걸어가면서 기행은 머나먼 남쪽 오래된 항구도시에 살고 있을 현과 그의 처에게 전화를 거는 일을 상상하고는 혼자 웃었다. 하지만 현실은 백암에서 외부로 나가는 어떤 통신수단도 모두 두절됐다는 것. 마찬가지로, 언제쯤 복구되리라는 말도 없었다. 손으로 꼽아보니 주필이 말한 날짜까지 원고를 보낼 수 있을지 의문이었다. 그렇게 생각하자 기행의 마음이 초조해졌다.

그러나 역으로 돌아와도 바뀐 것은 없었다. 마냥 시간을 허비할 수 없어 그는 가방에서 주필에게 받은 소책자를 꺼내 읽었다. 그렇게 열심히 읽어가다가 '1935년 3월 초 위대한 수령님께서 취해주신 조치에 따라 중국 왕청현 요영구 유격구에 조선인민혁명군 청년 군사 정치 지휘성원들을 양성하기 위한 단기 강습소가……'라는 문장을 만났다. 거기서 기행은 더 나아가지 못하고 '1935년 3월'이라는 날짜만 되풀이해서 읽었다. 그리고 그때까지 기행의 내면에서 팽팽하게 유지돼오던 뭔가가 툭 하고 끊어져버렸다. 이 날짜만 그대로 두고 책에 실린 자음과 모음을 해체해 다시 조립한다면, 완전히 다른 세계가 펼쳐질 것이다. 누가 어떻게 조립하느냐에 따라 무궁무진한 세계를 만들 수 있다는 사실 때문에 기행은 자음과 모음으로 이뤄진 언어의 세계를 떠날 수 없었다. 평생 혼자서 사랑하고 몰두했던 자신만의 그 세계를. 하루에 일만 톤에 가까운 네이팜탄과 칠백 톤이 넘는 폭탄이 떨어지는 등 종일토록 불비가 쏟아져 평양 곳곳이 불타오르던 순간에도 기행은 적개심 가득한 문장을 통해서만 그 잔인한 참상을 이해할 수 있었다. 살던 집도 불타버리고, 빼곡히 꽂혀 있던 책이며 은은하게 풍기던 커피 향내 같은 것도 모두 사라지고, 아내와 어린것들과도 떨어져 지내는 동안에도 그는 문자의 세계를 떠나지 않았다. 그 문자들을 쓰거나 읽을 수 있어 그는 전쟁이 끝난 뒤까지도 살아남을 수 있었다. 전쟁의 광기로 가득한 이 세계 속에서 자신을 구원한 그 언어와 문자들의 주인은 누구일까? 기행은 궁금했다. 그것은 자신의 것인가, 당의 것인가? 인민들의 것인가? 아니면 수령의 것인가?

수령이 문학에서 낡은 사상 잔재를 반대하는 투쟁에 나서라고 교시를 내린 뒤, 전국의 도서관과 도서실은 물론이거니와 개인이 소장중인 책들 가운데 반당 반혁명 작가의 책들을 회수해 공개적으로 불태우는 일이 곳곳에서 벌어졌다. 거기서 불타는 한 권 한 권은 저마다 하나의 세계였다. 당연히 서로의 주장은 엇갈리고, 지향점은 다르고, 문체는 제각각이다. 그렇게 세계는 하나가 아니라 여러 개이고, 현실은 그 무수한 세계가 결합된 곳이다. 거기에는 아름다운 세계가 있고, 또 추악한 세계가 있다. 협잡이 판치는 세계가 있고, 단아하고 성실한 세계가 있다. 어떤 세계는 지옥에, 또 어떤 세계는 천국에 가깝다. 이 모든 세계가 모여 다채롭고도 영롱하게 반짝이는 빛을 발하면 그것이 바로 완전한 현실이 되는 것이다. 그러므로 책 한 권이 불타 없어지는 것이 아니다. 시인 한 명이 사라지는 게 아니다. 현실 전체가 몰락하는 것이다. 당과 수령, 그리고 그들의 충실한 대리인인 병도는 자신들이 조립한 언어의 세계만이 리얼하다고 말하지만, 수많은 세계를 불태우고 남은 단 하나의 세계라는 점에서 그들의 현실은 한없이 쪼그라들다가 스스로 멸망하리라. 언어와 문자는 언어와 문자 자신의 것이다. 그것은 그 누구의 것도 아니다. 리얼리즘이란, 그런 언어와 문자가 스스로 실현되는 현실을 말한다. 거기에는 당과 수령은 물론이거니와 기행의 자리마저도 없는 것이다.

그때 갑자기 역무원들이 창구 바깥으로 나와 플랫폼 쪽으로 달려갔다. 대합실 안에 앉아 있던 사람들도 덩달아 그들을 따라 바깥으로 움직였고, 그 바람에 기행은 들고 있던 소책자를 놓쳤다. 바닥에 떨어진 책을 다시 집어 허둥지둥 역 바깥으로 나가보니 어젯밤 기행이 길주에서부터 타고 온 기차는 거기 그대로 서 있었다. 역무원과 사람들은 기관차 옆에 서서 골짜기 쪽으로 휘어지는 철로를 바라보고 있었다. 철로의 눈은 말끔하게 치워져 있었다. 그들은 뭔가를 기다리는 사람들 같았다. 무슨 소리가 들리는가 싶더니 하얀 봉우리들 사이에서 기적 소리가 길게 들렸다. 혜산은 거연하게 솟은 봉우리들 너머에 있었다.

그 밤과 마음

　일 년 전, 기행은 혜산에 도착했었다. 그때가 소한 전이었으니까 아직 혹심한 한파는 찾아오지 않았을 때였다. 바람도 심하지 않아 혜산역에 내리니 변방의 낮은 지붕들 위로 하얀 눈이 소복소복 쌓이고 있었다. 깡깡 얼어붙은 길 위로는 짐을 실은 달구지와 마바리만 워낭 소리를 내며 오가고 있었다. 역 앞에는 군용차량들만 서 있을 뿐, 버스 같은 건 보이지 않았다. 작가동맹에서는 기행에게 1959년 1월 1일부터 삼수군 관평리 관평협동조합으로 출근하라고만 했을 뿐, 어디를 어떻게 가서 누구의 지시를 받으라는 등의 자세한 사항을 알려주지 않았다. 어찌저찌 혜산역까지는 갔으나 거기서는 또 어디로, 어떻게 가야만 할지 기행으로서는 난감하기만 했다.

　하는 수 없이 기행은 개찰구에 선 역무원에게 가서 관평협동조합으로 가는 교통편에 대해 물었다. 역무원은 대답 대신 무슨 일로 거길 찾아가느냐고 되물었다. 기행은 평양의 작가동맹에서 관

192

평협동조합으로 파견해 내려가는 시인이라고 설명했다. 그때 국경경비대 소속 군인들이 대합실의 문을 열고 들어왔다. 군인들이 개찰구 쪽으로 다가오자, 역무원은 조금 있다가 얘기하자며 돌아섰다. 기행이 조금 뒤로 물러서서, 휴가를 가는 모양인지 군복을 잘 차려입은 군인들을 바라보는데 누군가 "아바이!"라고 말했다. 자신에게 하는 말이라고 기행은 생각하지 않았다. 그러자 그 사람은 한 발 더 다가와 기행에게 말했다.

"관평협동조합을 찾아가시는 건가요?"

기행은 고개를 끄덕이며 그 사람을 쳐다봤다. 그녀는 누빈 옷에 방한모를 쓰고 있었는데, 볼이 통통하고 살집이 있어 찌든 구석이 하나도 없었다.

"그렇소만."

조금 뜸을 들였다가 기행이 대답했다.

"그럼 저랑 같이 가시죠. 한 삼십 분 지나면 삼수읍으로 가는 승합버스가 올 겁니다. 추우니까 그때까지는 여기 대합실에서 기다리시면 됩니다."

벽에 걸린 시계를 올려다보며 그녀가 말했다. 기행은 선뜻 그 호의를 받아들이지 못했다. 그가 별다른 반응을 보이지 않자 그녀는 그의 가방을 뺏어들고는 난로 쪽으로 걸어갔다. 그러더니 뒤쪽 빈 의자에 앉아서는 남은 짐을 들고 가만히 서 있는 기행에게 오라고 손짓했다. 기행이 쭈뼛거리며 다가오자, 그녀는 일어나며 기행에게 자리를 양보했다.

"동무, 그냥 앉아 있어요. 폭삭 늙어 보이겠지만, 나는 아직 아바이가 아닙니다."

그러자 그녀는 정색하며 손을 내저었다.

"아바이라서 이러는 게 아닙니다. 아바이라고 부른 건 잘못했습니다. 언뜻 호칭이 떠오르지 않았습니다."

"시절이 바뀌어 이젠 다들 아래위 없이 동무라고 하니, 그렇게 부르면 되지 않겠소?"

"그러나 시인 선생님께 어떻게 동무라고 부르겠습니까? 시인 선생님이시라는 건 아까 선생님께서 역무원과 대화할 때 들었습니다. 작가동맹에서 관평협동조합에 파견한 시인이라는 것 말입니다. 이렇게 만나뵙게 돼 영광입니다. 저는 진서희라고 합니다."

그녀가 손을 내밀어 악수를 청했다. 기행은 주저했다. 그러자 서희는 멋쩍게 웃으며 오른손을 내렸다.

"어쨌든 앉으십시오. 협동조합까지는 제가 안내해드리겠습니다."

"동무도 그곳에서 일하시오?"

"저는 삼수읍에 있는 인민학교의 교원입니다. 관평리에서 십리 정도 떨어졌으니까 멀지 않습니다. 거기서 걸어다니는 학생들도 있습니다."

"그런데 왜 나를 협동조합까지 안내한다는 말이오?"

"그건 말입니다, 일단 자리에 앉으십시오. 그러면 말씀드리겠습니다."

서희는 억지로 잡아끌다시피 기행을 자리에 앉혔다. 그리고 그에게 말했다. 일주일 전, 다음해에 전국적으로 시행되는 현지 파견 작가 사업의 일환으로 한 시인이 관평협동조합에 배치돼 출근할 것이라는 소식을 전해듣고 깜짝 놀랐다고. 왜냐하면 그 시인은 여학교 시절, 흠모하던 국어 선생이 수업시간이면 줄줄 외던 시를 쓴 사람이기 때문이었다. 그때부터 그녀는 시와 문학에 빠져들었다. 교원대학에 진학해서도 시를 계속 썼다. 졸업한 뒤 교원 수급 사정에 따라 삼수로 배치되자 부모는 여성인 그녀가 삼수 같은 험지로 부임하게 된 것을 꽤 걱정했는데, 정작 본인은 그런 거친 환경 속에서 글이 더 잘 쓰일 것 같다며 좋아했다. 하지만 막상 와보니 생각지도 못한 어려움이 많아 고민이었는데 이번에 그 아름다운 시를 쓴 시인이 가까운 곳으로 온다니 어찌 놀라지 않을 수 있겠는가.

"고향은 정주로 알고 있는데, 삼수까지는 어떻게 오게 된 것입니까?"

하고 싶은 말을 모두 꺼냈는지 서희가 그에게 물었다. 그 물음에 기행은 쉽게 대답하기 어려웠다. 어디서부터 무엇이 잘못됐기에 자신이 삼수로 오게 된 것인지 기행은 여전히 알지 못했으니까.

"말씀 안 하셔도 저는 알 것 같습니다. 선생님께서 왜 삼수까지 오셨는지 말입니다."

기행은 앞에 선 그녀를 올려다봤다. 앉아서 올려다보기 때문인지, 그 자신만만한 태도 때문인지 그녀는 기행보다 훨씬 더 큰 사람처럼 보였다. 서희는 고개를 갸웃거리며 기행을 내려다봤다. 그러더니 사람들로 북적대는 혜산역 대합실 한켠에서, 어떤 두려움이나 부끄러움도 없는 선한 표정으로 그녀는, "가난한 내가 아름다운 나타샤를 사랑해서 오늘밤은 푹푹 눈이 나린다"라며 시를 낭송하기 시작했다. 그런 곳에서, 오래전에 잊어버렸던 시를, 다른 사람의 입을 통해서 듣게 되니 그의 목구멍으로 뜨거운 것이 치밀어올랐다. 여학생 시절, 국어 선생을 따라 외웠다는 그 시의 한 음절 한 음절은 쇠도끼 날처럼 그의 머리통을 내리쳤다.

우연히 만난 시인 앞에서 그의 시를 욀 줄 안다고 자랑하고 싶은 그 높은 자부의 마음을 알아차리기도 전에, '쓸쓸히 앉어'라든가 '소주를 마시며' 따위의 비관적이고 퇴폐적인 문장을 저토록 큰 소리로 말하는 철없는 입술을 만류하기도 전에, 기행은 자신을 둘러싼 모든 것들이 갑자기 낯설어졌다. 아니, 비로소 그가 자신을 둘러싼 세계를 제대로 인식하게 된 것이랄까. 타오르는 갈탄의 힘으로 한쪽 표면이 빨갛게 달아오르는 난로며, 좀체 귀에 와닿지 않는 변방의 사투리며, 도내에서도 손꼽히는 축산반을 자랑한다는 협동조합을 찾아간다는 사실 등등이 모두. 그때 그는 눈이 푹푹 나리는 밤 안에 있었다. 누군가를 사랑하는 마음 안에 있었다. 그 밤과 마음이 지금 그와 함께 있었다. 그는 고개를 숙인 채 한참이나 대합실 바닥을 내려다봤다. 미래나 과거에서 타임머신을 타고 날아와 시골 사람들의 솜 신에서 녹아내린 물로 바닥이 검게 물드는 혜산역 대합실에 떨어진 사람처럼, 멍하니.

"그래서 삼수까지 오신 게 아닙니까?"

그 말에 기행은 다시 고개를 들었다. 거기 인민학교 교원 서희가 서 있었다. 앞의 말을 듣지 못했기에 기행이 아무런 대꾸도 하지 못하자, 그녀가 재차 설명했다.

"그 시에 이미 쓰시지 않았습니까? '산골로 가는 것은 세상한테 지는 것이 아니다. 세상 같은 건 더러워 버리는 것이다'라고 말입니다."

그 말에 기행은 자리에서 일어났다.

"지금 보니 교원 동무가 사람을 잘못 본 것 같습니다. 저는 그런 시는 쓸 능력도 없는 사람이올시다. 나그네를 배려하는 마음은 감사합니다만, 협동조합은 제가 알아서 찾아갈 테니 신경 안 써도 되겠습니다."

"아까 시인이라고 하지 않으셨습니까?"

"동무가 잘못 들은 모양이오. 작가동맹이 나를 조합에 파견한 것은 맞지만, 나는 시를 번역하는 사람이오."

"정말입니까?"

서희가 기행을 쳐다봤다. 기행은 그 눈을 피하며 서희에게서 가방을 다시 뺏어들었다.

"정말 시인 백석 선생님이 아니십니까?"

"아니오. 아니오. 나는 그런 사람이 못 됩니다."

그는 출입구 쪽으로 걸어갔다. 문을 열고 나가려고 보니 역 앞으로는 여전히 눈이 내리고 있었다. 그건 '오늘밤은 푹푹 눈이 나리는' 세상이었다. 이런 세상이라면 아름다운 나타샤는 나를 사랑하고 어데서 흰 당나귀도 오늘밤이 좋아서 응앙응앙 울고 있을 게 분명했다. 어디에 있다가 갑자기 이런 세상이 나타난 것일까? 자신은 다만 시를 한 편 들었을 뿐인데…… 그나마 오래전 자신이 쓴 시였는데…… 기행은 가만히 서서 푹푹 나리는 눈을 맞으며 오늘밤이 좋아서 응앙응앙대는 흰 당나귀의 울음소리를 듣고 있었다.

관평의 양(館坪의 羊)

1958년의 마지막날을 기행은 량강도 삼수군 관평리 독골에서 보내게 됐다. 하필이면 세밑 저녁에 그가 찾아오는 바람에 집에서 쉬다가 사무실로 나온 축산반장의 표정은 감때사나워 보였다. 더이상 조합원을 받을 여력이 못 된다는 보고를 올렸으나 일방적으로 기행의 배치가 이뤄졌다. 이런 경우라면, 중대한 잘못을 저지르고 쫓겨오는 게 분명하다는 게 삼수 사람들의 생각이었다. 하지만 12월이면 영하 삼십 도를 밑도는 삼수에서 그런 건 크게 중요하지 않았다. 다만 중요한 것은 일을 잘할 수 있느냐 없느냐인데, 누가 봐도 기행은 환영받기 힘든 중늙은이에다가 러시아문학을 번역하는 시인이라고 했다.

"동무는 여기가 왜 독골인지 아시오?"

축산반장이 불퉁스럽게 기행에게 물었다. 물론 대답을 원하는 건 아닌 게 분명했다.

"평양에서 왔다지 않았소? 거기서는 동무가 삼수에 떨어지게 됐다고 다들 고생길이 훤하다고 말했겠지. 그런데 어쩌나, 이 골짜기는 그 삼수에서도 저만치 혼자 외따로 떨어져 있다고 해서 독골이라오. 어쩌다가 여기까지 왔는지는 내가 알 바가 아니고, 다만 늙었다고 꾀부릴 생각 하다가는 큰코다칠 줄 아시오."

"여기까지 와서 꾀부릴 생각은 없소이다."

기행이 대답했다.

"합숙소는 이미 다 차버려 동무가 들어갈 자리가 없소. 1월 3일에 정식으로 배치되어야 자리를 쪼개든, 비집고 끼워 넣든 할 수 있으니까 그때까지는 가져온 이불로 여기 사무실에서 생활하시오."

그러더니 축산반장은 3일 아침에 보자며 가버렸다. 낮 동안 달아올랐던 갈탄 난로에는 아직 불이 남아 있었다. 기행의 삼수 생활은 그 난로의 바람구멍을 틀어막는 것으로 시작됐다. 그다음날은 1959년의 첫날이었고, 명절맞이 특식이 나와 아침부터 공동식당은 잔칫집 분위기였다. 낮이 되자 근처 관평천에서는 스케이트 대회가, 과녁봉과 마산 사이의 능선에서는 사냥 대회가 열렸다. 이따금 포수들이 쏘는 총 소리가 먼 골짜기에서 한가로이 울려퍼졌다. 워낙 오가는 사람들이 많은 것인지, 감정 표현에 서툰 것인지 조합원들은 낯선 얼굴의 기행을 보고도 외면하거나 반기지 않고 그저 데면데면하게 대했다. 모두 팔십여 명에 달하는 조합원들 중에는 고아도 있고 상이군인도 있고 과부도 있었는데, 이제 시인까지 왔으니 구색은 다 갖춘 셈이라고 누군가 말했다. 시인이라니까 시인인 줄로 알지 기행이 쓴 시를 한 번이라도 읽어본 사람은 아무도 없었다. 팔십여 명 중 글을 읽을 줄 아는 사람도 많지 않았으니까. 기행은 그런 사람들 틈에서 어떻게든 잘 어울려보기 위해 애를 썼지만, 해가 저물고 나니 의욕이 조금도 남아 있지 않았다.

축산반장은 무슨 마음으로 그를 합숙소가 아니라 사무실에서 재웠는지 모르지만, 삼수에서의 처음 며칠을 혼자서 지낸 일이 기행에게는 행운이었다. 다음날에는 좀더 요령이 생겨 새벽까지도 난로의 불을 꺼뜨리지 않을 수 있었다. 난로 덕분에 기행은 밤새 물을 데워 마실 수 있었다. 뜨거운 물로 몸이 따뜻해지니 삼수의 겨울이라도 이 정도라면 버틸 수 있지 않겠는가는 자만도 들었다. 다만 아쉬운 건 평양을 떠나올 때 한 달이 되든 석 달이 되든 이번만큼은 펜대를 굴리거나 책갈피를 넘기다가 오는 일 없이 노동 현장에 투신하자는 마음으로 책 한 권, 사전 하나 들고 오지 않은 일이었다. 그는 사무실의 책장을 기웃거렸다. 거기 꽂힌 '스타하노프운동이란 무엇인가' '새 민주주의' '조선 정치형태에 관한 보고' '조소문화' '문화전선' '건설' '인간문제' 등등의 책 제목들을 별다른 흥미 없이 읽어가다가 그는 『수의학 기본』이라는 책을 발견했다. 이제 막 조합에 도착해 양들을 대면한 기행에게는 더없이 필요한 책이었다.

그렇게 해서 1월 6일, 소한이 되어 수은주가 영하 사십 도 가까이 떨어지면서 합숙소로 짐을 옮기기 전까지 기행은 축산반 사무실에서 『수의학 기본』을 읽으며 연초의 밤들을 지냈다. 책을 읽다가 이따금 기억할 만한 구절이 나오면 표지가 뜯겨나간 노트를 꺼내 옮겨 적었다. 삼수에 오면서 기행이 가져온 많지 않은 소지품 중 하나였다. 작가 전체에 대한 사상 검토 바람이 몰아칠 무렵, 기행은 표지를 포함해 러시아어가 쓰인 페이지들을 잘게 찢어 태워버렸지만 거기 적힌 이름을 여전히 기억하고 있었다. 리진선. 평양을 떠나올 때, 그 이름과 함께 보리스 파스테르나크가, 안나 아흐마토바가, 안드레이 보즈네센스키가 그렇게 불꽃을 일렁이다가 사라졌다. 그리고 그들의 시가 사라지고 남은 페이지에 기행은 다음과 같은 문장을 옮겨 적었다.

'사회주의 건설의 보람찬 목표를 달성하기 위하여서는 제1차 오 개년 계획을 기한 전에 완수하여야 한다'는 전체 당원들에게 보내는 조선로동당 중앙위원회의 편지

오직 김일성 동지를 수반으로 하는 조선로동당 중앙위원회와 공화국 정부의 축산 정책이 유일하게 옳았으며

말씀하시면서 "우리는 이삼 년 내에 육류 생산을 40만 톤, 우유는 46만 톤, 계란은 15억 개, 양모는 700톤 이상"에 이르게

하며, "축산업의 토대를 계속 강화하여 이삼 년 내에 가축두수를 소는 100만 두, 돼지 400만 두, 면양 및 산양은 60~70만 두로 장성시켜야 할 것입니다"라고 교시

제1장 가축의 질병에 대한 개념
제1절 질병이란 무엇인가

질병이라는 것은 가축체와 외부 환경 간의 호상 관계가 파괴되는 결과

만일 가축의 중요 장기의 기능이 정상적이고 외부 환경이 양호하다면, 병든 가축은 완선히 회복된다. 반내로 병든 가축을 혹독하게 부리고 나쁜 사료를 주면 죽음의 전귀를 취하거나

그러다가 그 노트에 편지를 썼다. 평양에 있는 친구 준에게.

구랍 말일, 삼수에 도착했네. 여긴 삼수에서도 외따로 떨어진 독골이라는 곳이오.

그렇게 써놓고 보니 어쩐지 편지가 마음에 들지 않았다. 마치 지옥으로 떨어진 단테가 띄우는 편지처럼 느껴졌기 때문이다. 누

군가 읽는다면 노동 현장으로 보냈더니 앓는 소리만 늘어놓는다고 비판받을 게 분명했다. 지우개가 없어 연필로 줄을 죽죽 그었으나 마음이 놓이지 않았다. 그는 어떻게 할까 생각하다가 노트를 찢어 난로 안에다 던져 넣었다. 그러자 불길이 사그라들던 난로 안이 일순간 환해졌다.

아침이 되어 재를 치우느라고 난로 아래쪽의 재받이통을 꺼내자 타버린 종잇조각들이 있었다. 혹시나 해서 손끝으로 집어들어 살펴보니 글자 같은 건 하나도 보이지 않았다. 그러다가 손가락으로 비비니 종이는 흔적도 없이 바스러져 먼지처럼 흘러내렸다. 그 사실을 확인하고 기행은 무척 기뻤다. 자신이 쓴 글자들이 강철이나 바위 같은 것이 아니라 사그라드는 불씨에도 쉽게 타버려 먼지처럼 사라지는 것들이어서.

그날 밤에도 기행은 편지를 썼다. 평양에 있는 친구 준에게.

구랍 말일, 삼수에 도착했네. 여긴 삼수에서도 외따로 떨어진 독골이라는 곳이오. 밤이면 기온이 영하 삼십 도까지 뚝뚝 떨어져 물이란 물은 죄다 얼어버리기 때문에 잉크를 쓰지 못하오. 이불로 몸을 둘둘 만 채, 잔불만 남은 난로 앞에 엎드려 남포 불빛에 의지해 책도 읽어보고, 편지도 끼적여본다오. 물론 자네에게 가닿지 않고 어디선가 사그라들 편지라는 것을 잘 알지만. 그러다가는 연필을 내려놓고 누워 찬바람이 쌩쌩 불어대는 축산반 사무실 안의 천장이나 벽을 바라보곤 한다오. 일렁이는 그림자들 위로 살아오면서 겪은 일들이 하나둘 스쳐가곤 하는데, 해방되고 얼마 지나지 않아 아오야마 영문학과 후배 훈이 죽은 아들을 들쳐 업고 동대원의 집까지 찾아왔던 일이 문득 떠올랐네. 그때 훈은 하얼빈에서 막 탈출한 직후였는데, 이야기를 듣자 하니 하얼빈에 소련군이 들어오자 백계러시아인들 중에는 자살자가 속출했다더군. 지금 생각하면 그들이야말로 자신들이 선택한 삶을 살아간 사람들이지 싶네. 자신에게 남은 유일한 것을 선택한 사람들이니까. 죽음을 선택하는 게 삶이라니까 이상하게 들리는가? 나는 조금도 이상하게 들리지 않네. 삼수에서 나는 하루에도 몇 번씩 모든 주머니를 다 털어 내게 남은 선택이 몇 개나 되는지 따져보고 있으니까.

어차피 아침이면 재로 돌아갈 문장들이어서 기행은 거리낌없이 써내려갔다. 원하는 만큼 마음껏 편지를 쓴 뒤, 기행은 연필을 내려놓았다. 죽음에 대해 생각하고 있다고 쓰고 나니 비로소 기행은 살 것 같았다. 기행은 편지를 쓴 페이지를 찢어 난로 속으로 던져 넣었다. 불꽃이 일었다가 이내 사라졌다. 기행은 이불 속으로 들어갔다. 삼수에 온 지 사흘째, 이제 비로소 기행은 불면의 고통에서 벗어나 편안히 눈을 감을 수 있었다. 그렇게 불을 끄고 누웠는데 사무실 안이 너무나 고요한 것이었다. 밤새 육중한 통나무 문을 흔들어대던 바람소리가 들리지 않았다. 대신에 어떤 가냘픈 소리가, 작고 약한 소리가 들렸다.

기행은 이불 속에서 나와 나무문을 열었다. 문 앞에는 어떻게 우리를 빠져나온 것인지 암양 한 마리가 서 있었다. 기행은 쪼그리고 앉아 도망가지도, 다가오지도 않고 가만히 서서 자신을 바라보는 그 양을 안았다. 양에게서는 똥 냄새와 비린내가 났다. 양을 들어보려다가 이내 포기하고 기행은 사무실 옆 양사 쪽으로 양을 몰았다. 새로 쌓인 눈 위에 양의 발자국이 찍혔다. 어떻게 이토록 선명한가? 기행은 생각했다. 고개를 들어보니, 구름이 걷힌 밤하늘로 달이 떠 있었다. 그때 문득, 언젠가 상허에게 들은 달빛 이야기가 떠올랐다. 아무도 없는 세상, 나도 없는 세상을 훤히 비추는 달빛에 대한 이야기. 그래, 쏟지 말자. 더이상 마음을 쏟지 말고 무심해지자. 기행은 환한 빛을 한참 바라봤다. 그렇게 바라본 뒤에야 그는 비로소 알게 됐다. 자신이 사라진 뒤에도 그 빛은 영원하리라는 것을.

다시 사무실로 돌아온 기행은 혜산역에서 서희에게 들었던 시의 제목을 노트에 썼다.

나와 나타샤와 흰 당나귀

그러자 그 제목 왼쪽으로 가지런히 놓여 있던 글자들이 머릿속에 떠올랐다. 그는 그대로 받아 적었다. 몇 년 전, 함흥에서 상허를 만나고 돌아와 밤새 노트에 시를 적어갔듯이. 그때는 어딘가에 시를 남길 생각이었지만, 이제는 불태워버리려고 쓴다는 것만 다를 뿐. 페이지를 한 장 넘기고 이번에는 '가즈랑집'이라고 썼다. 그리고 그 옆으로 오래전 자신이 쓴 시구를 적어내려갔다. 글자들이, 문장들이, 사투리와 비유들이 저마다 제자리를 차지하고 있으니 보기가 참 좋았다. 그게 좋아 기행은 페이지를 넘겨 또 썼다. '古夜'라고, '女僧'이라고, '伊豆國湊街道'라고, '統營'이라고. 기행은 쓰고 또 썼다. 다행히도 밤은 길었으므로 기행은 얼마든지 쓸 수 있었다. 원한다면 평생 써온 시들을 모두 그 노트에 쓸 수 있었다. 그렇게 한 편의 시를 쓰고 쭉 읽은 뒤, 종이를 찢어 난로에 넣고 그 불꽃을 바라보는 일을 반복하다가 그는 노트에 '歸坪의 羊'이라고 쓰게 됐다. 마찬가지로 그 왼쪽으로 글자들이 쭉 떠올랐다. 잠시 망설이다가 그는 보이는 대로 받아 적었다. 다 적고 나니 마음에 흡족했다. 그리고 그는 종이를 찢어 난로에 넣었다. 다른 시들과 마찬가지로, 처음으로 쓴 그 시도 포르르 타오르다 이내 사그라들었다.

You, still alive, or a ghost?

기행이 철도병원으로 돌아가니 그때까지도 영감들이 마루에 앉아 있었다. 간밤에 묵었던 병실에는 보안서원들이 들락거리고 있었다. 무슨 일인지는 몰라도 병실에는 들어가지 못할 것 같아 그도 영감들 옆에 앉았다. 맞은편 병원 식당 그늘진 처마밑에 시래기들이 매달린 게 보였다. 자연스레 영감들이 나누는 대화가 기행의 귀에 들어왔다. 기행이 철도 사정을 알아보러 나간 사이에 눈사태가 일어난 대각봉 낙석 감시초소 인근의 오두막에 고립됐던 남녀 한 쌍이 긴급 선로복구반에 의해 구조됐는데, 그중 여자는 이미 얼어죽고 남자만 철도병원으로 호송됐다는 얘기였다. 사람이 다치고 죽었다는데 영감들은 그 말을 하면서 킥킥댔다. 더 들어보니 일제시대 때부터 그 초소는 한 부부가 관리했다고 한다. 그들은 인근에 오두막을 짓고 살면서 산에서 내려오지 않았다. 남설령으로 올라오는 기관차를 향해 그들이 상호등으로 철로 상태를 알리면 기관사는 속도를 줄이고 지나가며 생필품을 던져줬다.

전쟁에서 패한 일본인들이 물러가고, 또다른 전쟁이 일어나 미군의 코세어 편대가 네이팜탄을 퍼붓는 동안에도 그들은 초소를 지켰다. 그 일로 전쟁이 끝난 뒤 남자가 철도복무영예훈장까지 받은 일은 청진철도총국 관할 지역에서는 널리 알려져 있었다. 그런데 그날 병실로 들어온 사람을 보니 그 늙은이가 아니었다는 게 영감들의 말이었다.

"그럼 누구야?"

"보안서원들 말 들어보니까 철도 부대원들이 얼음을 깨고 오두막에 들어갔을 땐 모자 사이래도 좋을 두 연놈이 벌거벗고 붙어 있었다두만."

"늙은 서방은 어떻게 하고?"

"오두막에는 둘뿐이었다지."

한 영감이 말했다.

"죽었겠지."

"죽였겠지."

다른 영감이 오른손으로 목 자르는 시늉을 했다.

"손으로 죽였을까, 칼로 죽였을까?"

"홀딱 벗겨놓고는 물을 끼얹어 내쫓아 동태를 만들었겠지."

"옷 한 벌도 못 건지면, 참으로 공수래공수거네."

"기차 지나갈 때 레일 위에 던져 토막 낸 뒤 근처에 파묻었을 거야."

"겨울 승냥이들만 포식했겠네."

"왜 그랬답니까?"

끔찍한 말들을 듣다가 기행이 저도 모르게 말했다.

그러자 영감들이 혀를 찼다.

"이 아바이, 인생 헛살았네. '왜?'라는 건 소학교에서나 모르는 게 있을 때 손들고 선생님한테 묻는 거지, 인간사에다 대고 왜가 어딨어?"

그때 병실 안에서 뭔가를 다그치는 소리가 들려 다들 입을 다물고 귀를 기울였다. 처음에는 다들 그게 무슨 말인지 모르다가 일제히 깨달았다.

"저건 중국말 아니니?"

"그렇네."

"그럼 중국 놈이랑 붙어먹었다는 건가?"

"아니, 왜?"

"왜가 어딨냐며? 둘이 붙어먹겠다는데."

영감들은 서로를 바라보며 껄껄대고 웃었다. 어른들에겐 타인의 불행과 병만큼 재미난 장난감이 없었다. 그게 무쇠 세기를 버틸 수 있는 힘이었다. 그중에서도 호기심 많은 이가 보안서원들의 퉁명스러운 대꾸에도 굴하지 않고 알아낸 바에 따르면, 호송되어 온 사내는 전쟁 때 중국군 59사단 소속으로 들어온 선양 사람인데 1958년 철군이 시작되자 부대를 탈영해 혜산선 복구 작업 때 눈

여겨본 대각봉 오두막을 은신처로 택한 것이라고 했다.

"중국인 말로는 오두막에서 살던 노인은 지난가을에 병으로 죽어 근처에 묻었고, 그 여편네를 어머니처럼 모셨다네."

"그럼 벌거벗고 부둥켜안은 채 발견됐다는 건 뭔가?"

"눈에 파묻힌 뒤에 얼어죽지 않으려고 그랬다지."

"그럴 땐 죽는 게 낫지, 뭐하러 살아서 이 지옥으로 내려와?"

"이 아바이는 뭘 좀 아네. 그런데 지원군 59사단이라면 저기 장진호에서 싸웠던 군대 아닌가?"

그 말에 다들 눈만 껌뻑이더니 '제기랄'인지, '염병하네'인지 하는 말들을 내뱉고는 침을 뱉었다. 남자의 동상 증세가 어느 정도 완화될 때까지는 제대로 된 취조가 불가능하다는 사실을 확인한 보안서원들은 감시할 사람을 남겨두고 모두 돌아갔다. 그제야 영감들은 병실로 들어갔다. 기행도 그들을 따라 들어가보니 한쪽 구석에 그 남자가 누운 채 뭐라고 흥얼대고 있었다. 그 소리가 시끄러워 영감들이 혀를 차고 구시렁댔지만 남자는 멈추지 않았다. 담배를 피우고 들어온 보안서원이 시끄럽다며 그를 발로 찼다. 그러자 영감들이 일제히 조용해졌고 남자는 더욱 큰 소리를 내질렀다.

병실 사람들은 중국 남자가 제정신이 아니라 밤새 헛소리를 늘어놓는다고 짐작했겠지만 기행에게는 그렇게 들리지 않았다. 그걸 혼자만 알고 있다가 다음날 오전, 사람들이 식당으로 몰려간 사이에 기행은 그 남자에게 다가갔다. 남자는 동상으로 두 팔과

두 다리에 물집이 잡히고 온몸이 빨갛게 부풀어올라 거동이 어려웠다. 의사가 이미 새카맣게 타들어간 손발을 잘라내야 할 정도로 상태가 심하다고 보안서원에게 말하는 걸 기행도 들었다.

기행이 다가가 보니 그는 두 눈을 부릅뜨고 신음하고 있었다. 눈동자로는 푸른빛이 감돌았다. 하지만 그는 기행이 가까이 온 것도 모르고 눈을 뜬 채로 다른 것을 보고 있었다. 기행이 그가 부른 노래를 흥얼거리자 그는 깜짝 놀라며 영어로 말했다.

"당신, 아직 살아 있는 건가요, 아니면 유령입니까? 난 다 죽었다고 생각했는데."

"영어, 할 줄 아시오?"

"예. 고향의 교회에서 배웠습니다. 미국에서 온 교회 사람들이 많았습니다."

"당신 노래를 밤새 들었어요. 굿 나잇, 아이린. 굿 나잇, 아이린."

"내 노래가 아닙니다. 당신 노래지."

"내 노래라고?"

"예. 당신 노래. 그 겨울 내내 얼어 있다가 봄이 되자 노래가 녹았고, 골짜기마다 울려퍼졌어요. 굿 나잇, 아이린. 굿 나잇, 아이린."

"봄이 올 때까지 노래가 얼어 있었다고?"

"예. 당신 노래. 얼어 있던 노래. 봄이 올 때까지."

"당신 노래, 당신 노래라고 말하는데, 그럼 나는 누구요?"

"당신, 이미 죽은 사람. 그 겨울의 골짜기에서 당신도 얼어붙고 당신의 노래도 얼어붙었으니까. 하지만 봄에 내가 분명히 들었어. 당신의 노래."

어쩌면 죽음의 공포가 그의 머리를 십 년 전, 그 끔찍한 기억 속으로 되돌려버려 현실감각을 잃어버린 건지도 몰랐다. 남자는 과거의 환영에 완전히 사로잡혀 있었다. 1950년 혹한의 겨울, 중국군과 미군이 교전한 장진호 전투에서 수만 명이 죽었으며, 그중에 동사자가 상당했다는 이야기는 기행도 들은 바가 있었기 때문에 그가 서툰 영어 문장으로 무엇을 말하려는 것인지 충분히 짐작됐다. 그럼에도 그 순간, 기행은 그 문장이 뜻하는 바 그대로만 받아들였다. 언어를 모르는 불행과 병은 이해하지 못하겠지만, 언어는 뜻밖의 방식으로 인간을 위로한다. 당신, 이미 죽은 사람, 이라는 말. 그 겨울의 골짜기에서 당신도 얼어붙고 당신의 노래도 얼어붙었다, 는 말. 그리고 봄에 내가 당신의 노래를 분명히 들었다, 는 말.

다음날 아침 보안서원들이 들이닥쳐 남자의 상태를 확인했을 때, 그는 이미 죽어 있었다. 그들을 통해 보선공들이 혜산선 선로를 다시 복구했다는 사실을 알게 된 기행은 얼른 짐을 챙겨 밖으로 나갔다. 얼어붙은 길 위로 해발 천 미터가 넘는 고원의 하얀 바람이 기행의 온몸을 샅샅이 훑었다. 기행은 털모자를 눌러쓰고 외투의 옷깃을 세운 뒤, 목도리를 친친 감았다. 길에는 기행과 마찬가지로 통행 재개 소식을 들은 사람들이 앞다퉈 역을 향해 걸어가고 있었다. 거기에 뒤질세라 기행 역시 빠른 속도로 걸으며 언젠가 여름, 준이 시와 불행에 대해 말하던 저녁을 떠올렸다. 그리고 서희가 사람들로 북적대는 혜산역 대합실 한켠에서, 어떤 두려움이나 부끄러움도 없는 선한 표정으로 "가난한 내가 아름다운 나타샤를 사랑해서 오늘밤은 푹푹 눈이 나린다"라고 시를 읊조리기 시작하던 순간을 기억했다. 그 순간, 자신이 어떤 기분이었는지, 그 시의 한 음절 한 음절이 어떻게 자신의 귀에 와 박혔는지, 그리고 이제 더이상 자신의 것이 아닌 그 아름다운 언어가 어떻게 쇠도끼날처럼 자신의 머리통을 내리쳤는지. 그래서 어떻게 자신과 시를 둘로 쪼개놓았는지. 이제 시는 자신의 것도, 그 누구의 것도 아니었다. 자신의 불행과 시는 아무런 관계가 없었다. 한참 걷던 기행은 문득 그 자리에 멈춰 섰다. 그리고 돌아섰다. 그러자 눈보라가 그를 뒤흔들었다. 기행은 지금 그렇게 가만히 서 있다.

오체르크, 「눈 깊은 혁명의 요람에서」(초고)

나는 지금 구름이 걷히기를 기다리고 서 있다. 기다려 서 있은 지 이미 오래다. 이때까지 구름 속에 들었던 소백이 구름 속에서 나온다. 나오는가 하면 또 구름 속으로 들어간다. 또 나온다. 몸을 돌이킨다. 덜미를 짚을 듯 다가선 남포태가 구름 속에서 나온다. 또 몸을 돌이킨다. 베개봉에도 구름이 걷힌다. 그 누운 듯한 모습이 언제나와 같이 자애의 정에 차서 눈앞에 나타난다.

구름이 걷히기를 기다려 서 있는 동안 얼마나 되는지 나는 모른다. 문득 소백 뒤로 짙은 구름이 슬슬 물러난다. 몽롱하고 혼돈한 천계가 한 반쯤 열린다. 그러자 백은빛 눈부신 능선의 한 부분이 드러난다. 거룩하신 백두의 체용이 조금 드러난 것이다. 그러나 그 아랫도리를 잠깐 드러냈을 뿐, 백두는 다시 구름을 불러 그 몸집을 가리운다. 높으시매 이렇듯 우러르기 어려운 것인가. 거룩하시매 이렇듯 절 드리기 수월치 않은 것인가.

나는 지금 허항령 마루에 서 있다. 동북쪽으로 잠깐만 밀림을 헤치고 가면 무산 백 리 백주 행군의 이름 높은 항일 빨치산의 전적지가 놓였다. 나는 이 마루 위에 구름에 잠긴 백두를 우러러 서 있다. 백두의 천리에 닿을 산줄기가 그 누구의 붓으로도 뽑을 수 없을 정교한 선을 늘여 안계(眼界) 밖으로 사라진다.

해가 뜬다. 남포태의 허연 산정에 붉게 물이 든다. 산마루 아래서 유량한 나팔소리가 울려온다.

삼지연 임산마을을 나서면 흰 이깔나무 기둥에 붉은 깃발 두 폭이 겨울바람에 휘날린다. 이 깃발 아래를 지나면 새로 닦은 널따란 길이 산으로 오른다. 허항령 마루를 향하여 오르는 것이다. 이길로 지금 까만 스키복들에 스키들을 멘 청년 남녀가 장사의 열을 지어 올라온다.

그들의 얼굴은 행복으로 빛난다. 그들의 사지가 건강과 청춘으로 넘논다. 언제 이렇듯 행복한 청춘남녀가 이 나라에 살게 되었던가. 그들의 웃음소리, 말소리는 어찌도 그리 맑으며, 그들의 발걸음은 어찌도 그리 힘찬 것인가. 실로 당당하구나. 실로 미쁘구나. 내게도 그들과 같은 시절이 있었음은 두말할 나위가 없다. 그시절, 나는 벗과 멀리 남쪽 바닷가를 걷고 있었다.

백두의 발치는 아직도 겨울이지만, 남해 기슭에 자리잡은 그 조그만 도시는 지금 봄볕이 한창 따사로울 것이다. 조개껍질들이 널린 모래장변에서 잔잔한 실물결이 밀려들고 밀려날 것이고 물새들은 오늘도 이 도시의 거리 위를 낮추 날아 일 것이다.

216

나는 이 부산 가까운 남해의 한 조그만 도시를 잊을 수 없다. 그 맑은 하늘, 초록빛 바다의 선연한 아름다움도 그 한 가지 모국어이면서도 반쯤밖에 알아들을 수 없는 사투리도 그리고 그 옛 왜적과의 싸움터였다는 뒷산에 올라 바라보던 쟁반 같은 대보름달도…… 그런 가운데서도 나는 이 바닷가의 소도시를 고향으로 가진 한 친근한 벗을 잊지 못한다.

그의 말도, 행동도, 이름도 잊지 못하려니와 더욱이 그의 신념과 지향을 잊지 못한다. 그는 수수하고, 은근하고, 소탈하고 활달한 사람이었다. 그에게는 무엇보다 정열이 있었다. 조국과 제 겨레에 대한 사랑이 강했다. 내가 그 사람을 존경하고 사랑하게 된 것은 그와 내가 한 직장에 다니었던 때문에만도 아니다.

그의 집도, 내 집도 북악산 가까이에 있었다. 밤이면 서로 오고 가며 방바닥에 배를 깔고 엎드려 밤이 깊도록 많은 말을 주고받았다. 고난과 고민에 대하여, 기쁨과 슬픔에 대하여, 희망과 이상에 대하여, 진리의 운명에 대하여…… 오랜 세월이 흘렀으되 그가 한때 자못 흥분한 속에 자기의 온 정신의 기저에 놓인 오직 한 가지 진리를 받들고 살아가리라고 하던 말이 생각난다.

진리를 위해 살겠다고 일백 번 맹세하던 그의 어떤 한 친구가 진리의 진로에서 물러서 거짓 속에서 허덕이게 되자 극도로 분개하여 펄펄 날뛰던 그의 얼굴빛은 오늘도 내 뇌리에서 사라질 줄 모른다. 그는 실로 깊은 사색으로 하여 사람들을 놀라게 했으며 문장이 심히 창발했으되 난발하지 아니했다.

작품으로 이름할 문장은 희소했으나 주옥으로 비길 만했고 많이는 기사류를 썼는데 이런 것들은 실로 경종의 역을 놓았다. 이것을 칭양할 때면 겸손한 그는 이것을 달가이 받지 아니했다. 그는 스스로 마음속에 무엇을 믿고 기약하는 사람으로서 살아나가는 사람이었으며 가슴속 깊이 높고 큰 것을 길러가는 사람으로서 살아가는 사람이었다.

해방 전 그와 내가 서울에 살 때의 일이다. 어느 때인가 우리는 함께 구마산에서 소증기선을 타고 하룻밤이 걸려 이 조그만 바닷가의 도시로 간 일이 있었다. 사천인가 진주로 가던 도중이었는데 그는 나를 이끌어 이 도시의 교외에 있는 한 옛 장군을 모신 사당으로 갔다. 그는 여기서 한동안 이 옛 애국자를 추모하고 나서 사당 밖으로 나오며 흥분된 율조로 '한산섬 달 밝은 밤에……'의 시조를 외우는 것이었다. 그러고는 먼바다의 수평선을 바라보며 걸음을 뗄 뿐 아무 말이 없었다.

그후 서로 헤어진 후로는 나는 그의 글을 읽지 못했고 그의 불같은 목소리도 들을 수 없었다.

그러던 가운데 어느 때 나는 남조선 어느 한 출판물에서 뜻밖에도 그의 이름을 보게 되었다. 무척 반가웠다. 출판물에서 나는 그가 고향에서 그리 멀지 않은 곳의 소도시에서 학교 교장의 직함을 가지고 있다는 것을 알았다.

민족의 장래를 걸머지고 나아갈 청소년들을 미제의 더러운 손길에, 더러운 정신에 그냥 내맡길 수 없어 그가 학교에 나선 줄 안다. 그는 그 위치에서 우리 민족의 찬란한 문화와 슬기로운 민족의 기개에 대하여 가르칠 것이다. 향토에 잠긴 옛 애국자들의 역사의 한 토막, 그 애국자가 원수에 대하여 퍼부은 증오의 노래 한 줄거리라도 수집하며 외우라고 가르칠 것이다. 그리고 그는 우리 소년들에게 우리 인민의 철천의 원수가 누구인가를, 우리 겨레를 치고 죽이고 하는 미제의 만행에 격분을 느끼게 할 것이며 드디어는 주먹에 불을 쥐게 할 것이다. 그렇게 믿는다, 확신한다, 그러기를 원한다.

　벗의 굳센 정의감과 뜨거운 민족의 피와 맑은 인간으로서의 양심과 진리에 대한 신념은 이와 달리는 행동할 수는 없었을 것이다. 그렇게 행동했을 벗을 눈앞에 그려보니

　참으로 기쁨을 금할 수 없다.

　벗은 오늘 우리 조국의 놓인 정세를, 북반부의 웅장한 모습도, 미제의 발굽에서 신음하는 남쪽 땅의 사정도

　다 잘 알 것이다. 남반부 인민들의 앞에 놓인 운명을
　잘 알 사람이다.

그는 우리 민족이 이에서 더는 미제 침략자와
군사 깡패들의 행패를 방임할 수 없다는 것과,
그 만행을 묵인할 수 없다는 것과,
그 죄악을 용서할 수 없다는 것을
알고 있을 것이다.

부산과 목포로,
군산과 인천으로

미제 침략자들의 배뿐만 아니라 강도 왜놈들의 배들도 들어오
리라.
그의 고향
소도시로도

그의 고향
소도시……

작고 가볍고 하얀 꿈 세 가지

삼랑진에서 갈아탄 기차는 낙동강, 한림정, 진영, 덕산, 창원을 거쳐 구마산역에 도착했다. 준 부부의 근친 때는 부산을 거쳤으니 이번에는 마산으로 들어가겠다는 게 현의 계획이었다. 구마산역은 단층 기와지붕의 작은 역이었다. 짐을 짊어진 승객들의 틈바구니 속에서 역사를 빠져나오니 초가와 논밭과 수풀 너머로 멀리 마산만의 잔잔한 물결이 굽어보였다. 둘은 선창으로 향하는 신작로를 걷기 시작했다.

"가키사키 처니 이야기는 시가 되었두만. 처니는 아예 천희(千姬)라고 못박았구. 그렇게 에둘러서 말하면 자네의 수선이 알아듣겠나?"

별다른 그림이나 도안 없이 두꺼운 한지에 세로로 '白石 詩集 사슴', 여섯 글자만을 인쇄한 시집을 흔들며 현이 말했다. 서울에서 내려오기 직전에 출판기념회를 가졌으니 막 나온 시집이었다. 현이 걱정한 대로 고급 종이를 사용해 일백 부밖에 인쇄하지 못했고, 가격도 이원이나 됐다.

"시라는 게 이렇게 신작로를 따라 쭉 내려가는 게 아니라 사람 사는 동네 모양새를 따라 에둘러 걷는 고샅 같은 것이니까. 그런데 먼지 많은데 시집은 가방에 좀 넣지 그래."

이미 표지에 현의 손때가 묻은 시집을 바라보며 기행이 말했다.

"그럼 시집 제목인 사슴이라는 것도 자네의 수선을 뜻하는 것인가?"

현은 시집을 손에 든 채 물었다.

"사슴은 두메에 사는 짐승이니까 이런 바닷가와는 어울리지 않지."

물지게꾼이 들어가는 추탕집을 바라보며 기행이 말했다.

"꾀까다롭게 구는 사슴이 세상에 나오자마자 불원천리하고 이 먼 남쪽 바다까지 달려왔으니 구마산 선창가 어떤 처녀라고 반하지 않을까. 하지만 통영은 달라. 통영은 통제사가 다스리던 장수들의 고장이라서 통영 처녀들은 이렇게 쭉쭉 뻗은 신작로처럼 박력 있고 야심 찬 남자를 좋아한다는 걸 알아야 해. 그러니 시집 제목이 사슴이 아니라 기마병 같은 것이었다면 좀 좋았겠어?"

가방에 넣으라는 시집을 여전히 손에 들고 흔들며 현이 말했다.

"자네야말로 기마병이 되어 태평통을 달렸어야 했는데…… 그럼 내가 헤겔처럼은 아니고, 게사니처럼은 꽥꽥댔을 텐데."

현은 반제동맹 활동으로 삼 년간 서대문형무소에 있을 때 논리학 책에서 읽은 나폴레옹 이야기를 참 좋아해 기행에게도 여러 번 얘기했다. 예나 전투에서 프로이센 군대를 박살 낸 나폴레옹이 말을 타고 점령지를 둘러보는 것을 보고는 헤겔이 미친 사람처럼 소리쳤다는 부분에서는 늘 연극하듯이 과장되게 외치곤 했다. 그걸 흉내내어 기행이 외쳤다.

"앗! 저거다! 현이다! 나의 로고스다!"

그러자 현은 시집을 옆에 끼고 나폴레옹처럼 말 타는 시늉을 했다. 서로 꽤 오래 웃었다. 그리고 웃음이 그쳤을 때, 현이 우울한 목소리로 말했다.

"기마병, 참 되고 싶었지. 하지만 이런 나라에 태어났으니 아무리 되고 싶다고 한들 내가 기마병이 될 수는 없겠지. 원래도 될 수 없었지만, 이제는 영영 꿈같은 일이지 뭐야. 인생은 우리에게 왜 이다지도 혹독한 것인지. 우리의 삶은 도대체 어디서부터 잘못된 것인지……"

그러자 기행이 말했다.

"그래도 꿈이 있어 우리의 혹독한 인생은 간신히 버틸 만하지. 이따금 자작나무 사이를 거닐며 내 소박한 꿈들을 생각해. 입김을 불면 하늘로 날아갈 것처럼 작고 가볍고 하얀 꿈들이지."

"예를 들면 어떤 꿈들인가?"

현이 물었다.

"우선은 시집을 한 권 내고 싶었지. 제목은 사슴이면 좋겠고."

기행이 대답했다.

"그건 이뤄졌고. 그다음은?"

시집을 흔들며 현이 말했다.

"시골 학교 선생이 되어 아이들에게 영어를 가르쳤으면 싶었고."

"촌동네 소반처럼 소박하네. 그리고?"

"착한 아내와 함께 두메에서 농사지으며 책이나 읽고 살았으면 하지."

"또?"

"그게 다야."

"그게 다야?"

둘은 서로를 바라보다가 배를 잡고 웃었다. 한참 웃고 나니 허기가 졌다. 어느덧, 길가에 거제산 대구가 산더미처럼 쌓여 있다는 구마산 선창이 지척이었다.

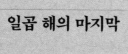

일곱 해의 마지막

1963년 여름, 삼수

강쇠바람이 독골 깊은 골짜기를 가을빛으로 물들이면, 남쪽으로 트인 하늘로는 진청의 허공이 끝 간 데 없이 펼쳐졌다. 그 하늘 아래로 아직은 초록인 무와 배추, 누렇게 영근 조와 귀리, 땅을 뚫고 올라온 불꽃처럼 군데군데 자리잡은 단풍이 색의 조화를 이루고 있었다. 호주머니를 털어 마지막 사치를 부리는 탕아처럼 떠나는 계절은 본래 색보다 더 많은 듯이 느껴지게 온 산하를 넘치도록 물들였다. 그러다가 끄무레한 하늘이 며칠 이어지면 아침저녁으로 바람이 바뀌었고 이내 성엣장이 실려오는 강물로 눈발이 죽죽 그어졌다. 늦지 않게 가을걷이와 마당질을 끝낸 사람들은 귀틀집 방 벽에 백토 칠을 하고 구들돌을 손질한 뒤, 새 창호지를 문에 발랐다. 관평리의 기나긴 겨울은 그렇게 시작됐다.

겨울바람은 혁명군처럼 신속히 진주해 가을의 잔재를 순식간에 날려버렸다. 성난 파도처럼 멀고 가까운 수림을 뒤흔들며 눈보라가 몰아칠 때면 사람들은 등을 돌리고 몸을 웅크렸다. 한 치

앞을 분간할 수 없는데다가 쌓인 눈에 무릎까지 다리가 빠져 한 발을 내딛기 어려우니 자연히 바깥출입은 힘들었다. 그 유폐의 밤들에 기행은 잠들지 못하고 바람 부는 소리를, 바람에 눈이 날리는 소리를, 가문비나무와 이깔나무들이 흔들리는 소리를, 지푸라기와 나뭇가지가 날아가는 소리를 새벽내 듣곤 했다. 기행은 밤만 계속 이어지는 북극의 겨울을 생각하고, 그런 밤을 처음 맞이하는 어떤 사람이 있어 그가 아침과 빛을 간절하게 희망하게 되는 것을 생각했다. 또 이 세상에 태어나 어른들이나 책에서 배운 바와 마찬가지로 그 밤에도 끝이 있으리라는 것을 그가 믿는 것과, 그 믿음에도 불구하고 기나긴 밤 안에서 그가 죽게 되는 것을 생각했다. 그때에도 기나긴 밤, 깊은 어둠은 무심하게도 계속 흘러가겠지.

아무리 준비해도 모자란 겨울나기에 비하자면, 봄 준비는 마냥 기다리는 게 일이었다. 봄은 아기 걸음이고, 먼빛이고, 올동말동이니까. 4월 초, 바람의 방향이 바뀌어 사흘이 지나면 강에서는 쩍쩍 소리 내며 버그러지는 얼음장 위로 흙탕물이 넘실거렸다. 새벽이면 골짜기 안으로 안개가 부잇하게 감돌아 돈사(豚舍) 네모 등의 가스불빛이 까물거렸고 아침햇살이 빗살처럼 번져나면 새들의 노랫소리가 흥겨웠다. 겨우내 얼어 있던 흙으로 틈이 생겨 봄볕이 스며들면 오랑캐꽃과 살구꽃과 진달래가 피어나 단조롭던 흑백의 구릉을 환한 빛으로 물들였다. 마을에 물레방아가 내걸리고 소달

구지가 지나갈 즈음이면 개울가로는 처녀들이 바구니를 들고 둥굴레며 쑥 따위를 캐러 다녔다. 그렇게 삶은 다시 시작됐다.

*

　매주 토요일 오전은 조합원들이 서클 활동을 나가거나 공용 물품을 정비하는 시간이라 기행도 일주일 동안의 노동에서 벗어나 민주선전실에서 밀린 신문을 읽으며 한가한 시간을 보낼 수 있었다. 그해 봄, 나세르 통일아랍공화국 대통령은 요트를 타고 알제리의 수도 알제에 도착해 열렬한 환영을 받았고 현대 올림픽 창시자인 피에르 드 쿠베르탱 남작의 미망인인 마리 로탕 드 쿠베르탱 여사는 스위스 로잔의 병원에서 102세로 사망했다. 기행은 신문에서 그런 기사들을 찾아 읽는 걸 좋아했다. 자신과는 아무런 상관도 없는, 머나먼 나라와 사람들에 대한 기사들. 자신이 죽고 나서 백 년이 지난 뒤의 세상에서도 신문에 실릴 것 같은 기사들. 땅 설고 물 선 삼수에 와 천대와 멸시 속에서 목장 일을 배울 때 자신에게 위로가 되어주던, 글을 배우는 아이처럼 신문에 찍힌 대로 손가락으로 짚으며 읽어가던 두어 개의 문장들.
　"선생님, 계십니까?"
　그때, 누군가 문을 두들겼다. 기행이 나가보니 미색 저고리와 검정 치마 차림의 서희가 서 있었다. 삼수에서 보낸 첫 일 년 동안 몇 번이고 자신을 찾아와 안부를 물었던 유일한 사람이었기에 기행의 얼굴에는 반가운 마음이 그대로 드러났다.

"오늘은 또 어쩐 일로 여기까지 오셨소?"

"토요일마다 아이들과 함께 관평협동조합으로 농촌 봉사활동을 나오게 됐습니다."

데면데면한 기행의 물음에 서희가 서글서글하게 대답했다.

"읍내에서 오자면 십 리 길이나 될 텐데……"

"일없습니다. 강변 버들강아지에 희뿌윰한 물색이 돌아 보기도 좋고, 땅이 물러져 걷기도 좋습니다."

"좋고 또 좋으니 참 좋소. 서희 동무는 마음 쓰는 법을 잘 아니 삼수갑산이라도 걱정이 없겠소."

"저라고 걱정이 왜 없겠습니까? 그렇지만 막상 삼수에 와보니 어떻습니까? 그 정도는 아니지 않습니까?"

"난 평양에 있었어도 삼수갑산을 가고 있었을 테니 거기나 여기나 매한가지요."

기행의 말에 서희가 큭큭대며 웃었다.

"선생님은 매한가지라는 말씀을 참 잘하십니다. 사람이 착하나 악하나 매한가지고, 시를 쓰나 안 쓰나 매한가지고. 그러면서도 지금 몰래 시를 쓰시던 것 아닙니까?"

서희의 말에 기행이 손을 내저었다.

"그런 말 마시오. 밀린 신문을 읽고 있었소. 안 그래도 아침 독보 시간에나 겨우겨우 바깥소식을 듣고 있어 남들에 비해 교양이 떨어진다는 타박을 많이 받고 있소."

"어떤 미친 이가 선생님더러 교양이 떨어진다는 헛소리를 한답니까? 그게 누굽니까?"

당장이라도 그 사람을 찾아 나서려는 듯 서희가 발끈했다.

"그 미친 자나 나나 매한가지니까 그만하시오."

기행은 그냥 웃고 말았다.

"어떻게 매한가지가 됩니까? 선생님은 시인이신데."

"나도 이제 농사꾼에 불과하다오."

기행이 손을 내저으며 말했다. 그런데도 서희가 자꾸 추어올리는 데에는 다 이유가 있었다. 수업시간에 학생들이 시를 썼으니 그걸 좀 봐달라는 것이었다. 그냥 읽고 소감 정도만 말해줘도 학생들에게는 평생의 좋은 추억이 될 것이라고 그녀는 말했다. 서희의 선의는 이해하지만 스스로 가당찮은 일이라 여겨 기행이 사양했으나, 기어코 그녀는 시를 남기고 떠났다.

그즈음, 마을에서 반시간 정도 걸어올라가면 나오는 고원인 감비덕 방목장의 양사에서는 밤마다 새끼들을 받느라 사양공들이 밤을 새우기 일쑤였다. 기행은 새끼 받는 일이 좋아 농산반으로 내려온 뒤에도 봄이면 양사 일에 자원했다. 분만실의 불을 다루기 위해 장작을 패고, 참대통을 들고 사일로에 가 알곡 사료를 가져오고, 탯줄 자른 새끼를 젖은 몰골 그대로 안아 분만실 아궁목 가까이의 어미에게 젖 물리러 가는 등의 허드렛일이 기행은 좋았다. 그렇게 첫젖을 빨고 난 새끼가 마당귀에서 오독독 오독독 뜀질을 하고 가댁질을 하는 것을 보는 것도 큰 기쁨이었다. 그러나 새끼들이 갓 태어난 세상은 위험한 곳이었다. 새끼들이 태어나면 한동안 양사에서는 밤낮을 가리지 않고 어미와 새끼가 서로를 부르며 우는데, 밤이면 그 소리를 듣고 멀리서 승냥이들이 섬돌까지 몰려왔다. 그 탓에 칸델라 등으로 훤히 밝힌 양사를 사양공들은 돌아가며 지켜야만 했다.

　기행이 어린 학생들의 시를 처음 읽은 것도 그런 밤 중 하나였다. 승냥이떼의 울부짖음에 잠을 설친 기행은 양사를 한 번 둘러본 뒤, 분만실에 앉아 칸델라 푸른 불빛에 비춰가며 어린 학생들의 시를 읽었다. '물싸리 민솜대 바람에 흔들려/새하마노 들판에 여름이 온다'라고 쓴 시는 말맛이 좋았고, '어머니가/국시를 하는데/햇빛이/동골동골한 기/어머니 치마에 앉았다./동생이 자꾸 붙잡는다'는 솔직하고 소박해서 좋았다. 그다음 주에 찾아온 서희에게 그런 감상평을 말하니, 그녀는 기행의 말을 잊지 않고 있다가 "좋고 또 좋으니 참 좋소, 군요"라고 말했다. 그렇게 서희는 아이들이 새로 쓴 시들을 내려놓고 기행이 소략하게나마 평을 적은 시들을 들고 갔다. 그날 이후로 기행은 서희가 아이들의 시를 들고 와야 한 주가 지났음을 알게 됐다.

*

　여름이 시작될 무렵, 해가 떨어지기 전에 방목장에 올라가려고 집을 나서는데, 막 골목으로 들어서던 우편통신원이 기행을 불러 세우고 편지 한 통을 건넸다. 보낸 이는 뜻밖에도 병도였다. 그 이름을 보자마자 서운함과 반가움이 교차했다. 기행은 그 자리에서 봉투를 뜯어 편지를 꺼내 읽었다. 벌써 오래전부터 자신에게 어떤 희망이 있다거나, 혹은 아무런 희망이 없다고 해도 매한가지로 달라질 일은 하나도 없다는 사실을, 그리고 세상사는 마치 그렇게 되어가기로 한 것처럼 되어가리라는 것을 잘 알고 있었음에도 마음이 들썽거렸다.

　편지에서 병도는 유물사관의 출발점이 사물에 있음을 주장하고 있었다. 관념론자들은 사물 이전의 절대이념에 맞춰 현실을 재구성하지만 실제로 재구성되는 것은 현실이 아니라 그들의 의식이라고 그는 썼다. 그다음부터는 변명으로 일관했다. 일제시대 때 카프에서 함께 활약한 벗들을 단죄하는 문학적 기소장을 작성한 일부터 그들이 실제 법정에서 실형을 받고 사라지는 것을 방관한 일에 이르기까지. 기행은 너무나 실망해 자신에게 일말의 기대라도 있었는가 반문하고 싶을 정도였다. 더 읽어볼 필요도 없다고 여기려는데, 문득 녹손(綠孫)이라는 이름이 눈에 들어왔다. 녹손은 병도의 딸이었다. 그는 편지에 이렇게 썼다.

그러나 나 자신도 이런 신세가 되고 보니 인생사 모든 것이 꿈만 같구려. 유물론자의 최후가 이래서야 되겠는가 싶으나 중학생 시절, 청년회관에 함께 영어 배우러 다니던 박헌영이에게 핀잔을 들으면서까지 영화에 미쳐 지낼 때는 그게 다 남의 얘기 같았는데 지나고 보니 나 역시 스크린 속의 한 등장인물에 불과했네그려. 곧 상영시간이 끝나면 스크린도 사라지고 그저 빈 벽만 드러나게 될 테지만 그럼에도 이야기는 남아 있소.

이화여전에 다니던 녹손이가 짝사랑의 고뇌를 빙자한 어느 횡포한 미치광이의 비수에 찔려 쓰러졌을 때, 자네가 한달음에 함흥으로 찾아온 일이며 편집 주간이던 잡지 『여성』에다가 현직 군수의 아들인 범인에 비해 보잘것없던 우리의 사정을 소상히 밝히는 특집 기사를 몇 달에 걸쳐 실었던 일은 내 죽어도 잊지 못할 것이고, 또 함흥에 온 백철의 측은한 사정을 보다못해 그의 결혼식을 챙겨주기 위해 자네며 임화, 이석훈, 김동명 등등 우리 모두가 총출동한 일이며, 그로부터 얼마 지나지 않아 그 부인이 산후풍으로 돌아갔을 때는 또 불행히도 장례식에 모두 집결한 일이 어제처럼 생생하네. 내 어찌 그 아름다운 얼굴들을, 그 마음씀씀이를 잊을 수 있겠는가? 세상 사람들이 나를 손가락질한대도 내 진심이 그러한즉 자네만은 나를……

그제야 기행은 다시 겉봉의 주소를 보고 병도가 그 편지를 자강도 시중군에서 썼으며, 계속되는 사연을 읽고 병도마저도 숙청돼 협동조합으로 쫓겨나버렸다는 사실을 알게 됐다. 이십여 년 전, 기행이 신문에서 녹손의 피습 소식을 읽고 함흥의 병실까지 찾아갔을 때, 병도는 굳은 표정으로 "내가 붓을 가진 것을 다행으로 여기오"라는 말을 몇 번이고 되풀이했다. 그는 그 붓으로 세상의 권력에 맞설 수 있다고 믿었고, 그때는 기행도 그 말에 동의했다. 자신들이 언어를 쓴다고만 생각했지, 자신들 역시 언어에 의해 쓰이는 운명이라는 것을 모를 때의 일이었다. 편지는 '그렇기에 함흥에 갔을 때 자네가 밤에 상허를 찾아간 일이며 벨라의 편지를 통해 자네가 몰래 소련으로 시를 써서 보낸다는 사실을 알았을 때도 모른 척했으며, 자네가 벨라에게 준 노트도 모스크바의 대사관에서 회수해 내가 없애버린 것이고……'로 이어지고 있었다. 그쯤에서 기행은 더이상 병도의 편지를 읽을 마음이 나지 않았다. 대신, 그 밤 상허에게 들은 말들과 항공우편 봉투 속에 넣어 벨라에게 보내던 시들을 생각했다. 결국 아무런 구원이 되지 못한, 그 연약하고 순수한 말들을.

*

기행이 방목장에 올라섰을 때는 서산으로 해가 거의 넘어갈 무렵이었다. 백두까지 펼쳐진 망망무제의 하늘 아래, 가문비나무 숲이 거무칙칙하게 늘어선 혜산 쪽으로 평평하게 퍼진 널따란 덕이 노을에 물든 채 여름바람에 흔들리고 있었다. 해 지는 시간이 점점 늦어지며 양사에서는 똥 냄새, 오줌 냄새, 곰팡이 슨 건초 냄새가 풍기기 시작했다. 이제 분만 철도 막바지로 향하고 있어 방목장으로 나서는 양들은 저마다 새끼를 차고 있었다. 아직 분만실에 남은 양들이 모두 밖으로 나오고 새끼 양들의 꼬리를 자르면 본격적인 여름이 시작될 터였다.

기행은 카바이드 불을 들고 다니며 분만실에서 똥을 쳐내고 짚북데기를 새로 채워놓은 뒤 씨암양들에게 콩깻묵과 다즙사료를 충분히 줬다. 그리고 두 채의 양사와 욕각장과 사무실을 둘러보고 와서 칸델라 등에 카바이드와 물을 채워 분만실 난로 연통 옆에 걸어두고 사료로 줄 호무를 썰었다.

"어젠 몇 마리나 낳았소?"

씨암양을 살피러 들어온 사양공 청년에게 기행이 물었다.

"네 마리에 두 마리 낳았수다."

청년이 퉁명스레 말했다.

"또 쌍둥이를 낳은 게요?"

"그렇지 않구요."

"그런데 두 마리는 또 뭐요?"

"낮에 염소가 쌍둥이를 낳았소."

그 말에 둘은 소리 내어 웃었다. 양들의 분만 철에는 느닷없이 염소가 새끼를 낳는 경우가 있었다. 염소가 샘을 내느라 그런다는 게 사양공들의 말이었다.

"그놈도 관심이 필요했던 모양이네. 오늘은 어쩔 것 같소? 새끼가 나오겠소?"

"오늘은 분만이 없을 듯한데, 잘은 모르겠수다. 여기는 내가 지킬 테니까 아바이는 그것만 하고 가서 주무시오."

그러더니 청년은 담배를 빼어 물고는 밖으로 나갔다. 기행은 호무를 자르던 자리를 정리한 뒤 분만책 속의 어린양들을 한번 더 살펴봤다. 어린양을 안으면 세상에 그처럼 약한 것이 있을까, 그처럼 보드라운 것이 있을까 싶었다. 사양공들은 젖도 제대로 얻어먹지 못하는 새끼 양들에게 젖을 먹이기 위해 암양과 새끼들을 거칠게 다루는데, 그럴 때조차도 양들은 작은 목소리로 울기만 할뿐 드세게 저항하지 않았다. 기행은 세상에서 가장 연약하고 순한 것들을 어루만지며 청년을 기다렸으나 그는 좀체 돌아오지 않았다. 기행은 숙직실로 들어가 아이들의 시를 읽다가 등불을 껐다. 벽에 서린 그림자가 사라졌다.

*

기행이 다시 눈을 뜬 것은 깊은 밤이었다. 청년이 문을 두들기며 기행을 깨웠다.

"아바이, 어서 나와보시오. 어서."

승냥이떼가 몰려왔는가, 아니면 갑작스런 분만이 시작됐는가. 기행은 손을 더듬거리며 윗도리를 찾아 걸친 뒤, 엉금엉금 문을 열고 방을 나섰다. 하지만 신발을 찾아 신고 몇 걸음 더 걸어가지 못하고 그 자리에 멈춰 설 수밖에 없었다. 골짜기 건너편 먼산이 불타오르고 있었다. 불꽃이 산 등마루의 윤곽을 따라 넘실거렸고, 그 앞쪽 경사면의 숲은 속에서부터 빨갛게 달아오르고 있었다.

"천불이오, 아바이. 천불 났소."

청년이 말했다. 어쩐지 달뜬 목소리였다.

"천불이 뭐요?"

기행이 물었다.

"하늘이 내신 불이란 말이우."

화전민들이 개간하기 위해 피우는 불이 땅속 뿌리로 타들어가는 지불이라면, 그래서 석 달 열흘씩 하얀 연기를 뿜어내는 보이지 않는 불이라면, 천불은 저절로 생겨나 순식간에 숲 전체를 활활 태우며 나무들을 서 있는 숯으로 만든다고 했다. 그 불을 보고 두메의 화전민들은 생을 향한 어떤 뜨거움을, 어떤 느꺼움을 느낀다고 했다. 불탄 그 자리에서 새로운 살길이 열리는 것이기에. 천불을 바라보며 흥분한 청년 옆에 서 있자니 기행의 가슴도 은은하게 두방망이질 치기 시작했다. 그때 골짜기로 사이렌의 고고성이 울려퍼지며 잠든 마을이 깨어났다. 그때까지도 기행은 어디에서도 오지 않고, 어디로도 가지 않는다는 천불에 휩싸여 선 채로 타오르는 숲을 바라보고 있었다.

* 소설에 나오는 백석 시는 『정본 백석 시집』(고형진 엮음, 문학동네, 2020)의 표기를 따랐
  으며, 일부 고유명사와 인용문은 북한식 표기법을 따랐습니다.
* '평범한 사람들의 죄와 벌'에 나오는 상허의 이야기는 이태준의 『무서록』에 수록된 「해촌
  일지」의 일부를 바탕으로 재구성했습니다.
* 138~141쪽에 나오는 신안남의 만담 내용은 1937년 오케레코드에서 출반한 신불출의
  만담 '개똥 할머니'와 1956년 북한에서 나온 신불출의 『만담집』의 「입담 풀이」 일부를 섞
  어 재구성했습니다.
* 142~143쪽에 나오는 「젓나무」는 벨라 아흐마둘리나의 시를 백석이 우리말로 옮긴 것입
  니다.
* '오체르크, 「눈 깊은 혁명의 요람에서(초고)」'는 백석의 산문 「눈 깊은 혁명의 요람에서」
  와 「붓을 총창으로!」 일부를 섞어 재구성했습니다.
* 232쪽에 나오는 학생들의 시 중 두번째 시는 『일하는 아이들』(이오덕 엮음, 양철북,
  2018) 25쪽에 실린 박춘임의 「햇빛」입니다.

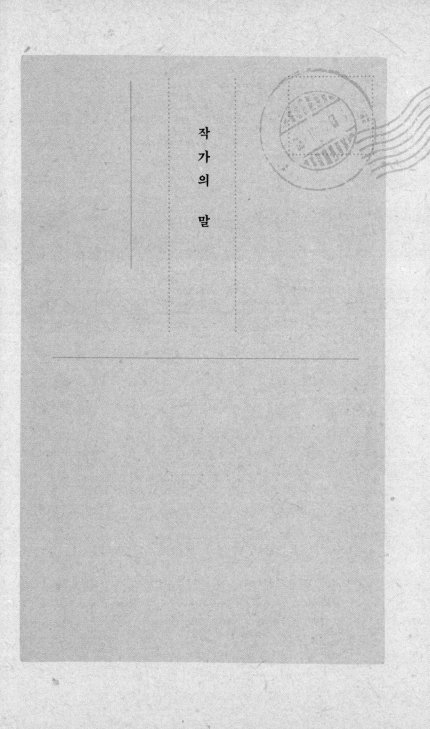

작가의 말

1962년 5월, 삼수군의 협동조합에서 일하던 백석은 『아동문학』에 「나루터」라는 동시를 발표했다. 이 시에서 시인은 압록강 변에서 나무를 심고 길을 닦는 어린아이들을 바라보며 사십여 년 전그 아이들과 비슷한 나이에 그 강을 건너가던 '나이 어리신 원수님'을 떠올린다.

　　이때 원수님은 원쑤들에 대한 증오로/그 작으나 센 주먹 굳게 쥐여지시고/그 온 핏대 높게, 뜨겁게 뛰놀며/그 가슴속에 터지듯 불끈/맹세 하나 솟아올랐단다─/≪빼앗긴 내 나라 다시 찾기 전에는/내 이 강을 다시 건너지 않으리라.≫

당시 북한의 문학잡지에 실린 다른 시에 비하자면 이 정도는 노골적인 찬양시가 아니다. 하지만 1956년부터 다시 시를 쓰기 시작한 백석으로서는 처음으로 현실의 수령을 호명한 시였다. 그런데 묘하게도 또한 이것은 마지막 찬양시, 아니, 살아생전 그가 발표한 마지막 시가 되고 말았다. 그토록 강요받던 찬양시를 마침내 쓰는 마음과, 그뒤 삼십여 년에 걸친 기나긴 침묵을 이해하기 위해 지난 몇 년 동안 나는 옛말과 흑백사진과 이적표현의 미로를 헤매고 다녔다.

　　소설을 쓰는 동안에는 음악을 많이 들었다. 기행의 마음이 느껴지지 않을 때마다 들은 건 연변 출신의 연주자인 김계옥이 옥류금으로 연주한 〈눈이 내린다〉다. 이 곡은 원래 가곡이었는데, 문경옥이 옥류금 변주곡으로 작곡했다고 알려져 있다. 그녀는 평양음악학교의 피아노 선생이었다가 해방 뒤 레닌그라드음악대학에서 공부하고 돌아와 작곡가로 명예로운 일생을 마쳤다. 소설 속 피아니스트 경의 모델인 이분은 1979년에 죽었다.

　　또 자주 들은 노래는 일본 가수 아와야 노리코(淡谷のり子)의 〈남의 마음도 몰라주고(人の気も知らないで)〉다. 구혼에 실패한 백석이 함흥에서 영어 선생으로 지내던 시절, 학생들은 종종 그가 이 노래를 부르는 걸 들었다고 했다. '남의 마음도 몰라주고/눈물도 감추고 웃으면서 이별할 수 있는/마음을 가진 사람이었다./눈물 마르고 몸부림치는/이 괴로운 짝사랑/남의 마음도 몰라주고/

야속한 그 사람.' 유행가 가사는 예나 지금이나 다를 바 없고, 청춘의 고뇌도 마찬가지다. 백석보다 다섯 살 많았던 아와야 노리코는 말년까지 활발하게 활동하다가 1999년에 죽었다.

하지만 내가 가장 많이 들은 곡은 저먼 브라스가 관악기로 연주한 바흐의 칸타타 〈예수, 인간 소망의 기쁨(Jesus Bleibet Meine Freude)〉이었다. 자료를 찾다가 두 장의 사진을 본 뒤로 그 선율이 머릿속에서 떠나지 않았다. 하나는 1957년 재건 지원을 위해 함흥에 체류한 동독인 레셀이 촬영한, 폭격으로 파괴된 서호의 수도원 사진이었고, 다른 하나는 1932년 함경도 덕원신학교 축제 때 관악기를 든 학생 악단을 찍은 기념사진이었다.

앞의 두 곡은 백석이 들은 것이 확실하지만, 덕원의 신학교 악단이 연주하는 〈예수, 인간 소망의 기쁨〉을 그가 들었을 가능성은 거의 없다. 하지만 이 소설에서 기행은 1937년의 어느 여름날, 해변에 누워 이 곡을 듣고 있다. 언제부터인가 나는 현실에서 실현되지 못한 일들은 소설이 된다고 믿고 있었다. 소망했으나 이뤄지지 않은 일들, 마지막 순간에 차마 선택하지 못한 일들, 밤이면 두고두고 생각나는 일들은 모두 이야기가 되고 소설이 된다.

이오덕이 엮은 아름다운 시집 『일하는 아이들』은 경상북도 상주군 공검국민학교 2학년 박춘임이 쓴 「햇빛」으로 시작한다. 책에는 이 시가 1958년 12월 21일에 쓰였다고 인쇄돼 있다. 이즈음 북한의 백석은 삼수의 협동조합으로 떠날 준비를 하고 있었다. 이 소설을 쓰기 시작할 때의 내 나이와 같았다. 그는 자신의 인생이 완전히 실패한 것이라고 생각했을 것이다. 자신의 시는 흔적도 없이 사라질 것이라고 생각했을 것이다.

　그런 그에게 동갑의 내가 해줄 수 있는 것은 많지 않았다. 그저 사랑을 잃고 방황하는 젊은 기행에게는 덕원신학교 학생들의 연주를 들려주고 삼수로 쫓겨간 늙은 기행에게는 상주의 초등학생이 쓴 동시를 읽게 했을 뿐. 그러므로 이것은 백석이 살아보지 못한 세계에 대한 이야기이자, 죽는 순간까지도 그가 마음속에서 놓지 않았던 소망에 대한 이야기다. 백석은 1996년에 세상을 떠났고, 이제 나는 시인들이 가장 좋아하는 시인이 된 그를 본다.

　마지막으로, 나의 어머니와, 그분이 살아오신 한 시대에 이 소설을 드리고 싶다.

2020년 여름
김연수

문학동네 장편소설
일곱 해의 마지막
ⓒ 김연수 2020

1판 1쇄 2020년 7월 1일
1판 6쇄 2024년 7월 19일

지은이 김연수
책임편집 김내리 | 편집 권순영 김봉곤 정은진 이상술
디자인 윤종윤 유현아 | 저작권 박지영 형소진 최은진 오서영
마케팅 정민호 서지화 한민아 이민경 안남영 왕지경 정경주 김수인 김혜원 김하연 김예진
브랜딩 함유지 함근아 박민재 김희숙 이송이 박다솔 조다현 정승민 배진성
제작 강신은 김동욱 이순호 | 제작처 영신사

펴낸곳 (주)문학동네 | 펴낸이 김소영
출판등록 1993년 10월 22일 제2003-000045호
주소 10881 경기도 파주시 회동길 210
전자우편 editor@munhak.com | 대표전화 031) 955-8888 | 팩스 031) 955-8855
문의전화 031) 955-2696(마케팅) 031) 955-8864(편집)
문학동네카페 http://cafe.naver.com/mhdn
인스타그램 @munhakdongne | 트위터 @munhakdongne
북클럽문학동네 http://bookclubmunhak.com

ISBN 978-89-546-7277-1 03810

www.munhak.com